라오스에 대체 뭐가 있는데요?

RAOSU NI ITTAI NANI GA ARU TO IUNDESUKA?—KIKOBUNSHU
by Haruki Murakami

Originally published in Japan by Bungeishunju Ltd., Tokyo.
Korean translation rights arranged with Haruki Murakami
through THE SAKAI AGENCY and SHINWON AGENCY CO.

이 도서의 국립중앙도서관 출판예정도서목록(CIP)은
서지정보유통지원시스템 홈페이지(http://seoji.nl.go.kr)와
국가자료종합목록 구축시스템(http://kolis-net.nl.go.kr)에서 이용하실 수 있습니다.
(CIP제어번호: CIP2016010173)

라오스에 대체 뭐가 있는데요?

무라카미 하루키 여행 에세이

이영미 옮김

문학동네

차례

찰스 강변의
오솔길

보스턴1

B O S T O N I

1993년부터 1995년까지 약 이 년간 보스턴 근교에 사는 동안(그후에도 다시 기회가 생겨 일 년간 같은 곳에서 살았다) 지금까지 정경이 가장 인상 깊은 장소를 꼽는다면, 뭐니뭐니해도 찰스 강의 강변길이다. 나는 사정만 허락하면 매일같이 러닝화를 신고 일 년 내내 이 길을 달렸다. 가끔 페이스 조절을 연습하려고 터프츠 대학의 400미터 트랙을 돌기도 했지만, 기본적으로는 이 강변을 따라 길게 이어지는 길이 나의 터프(홈그라운드)였다.

내가 살던 케임브리지의 집에서 이 강까지는 2킬로미터 정도고, 달리면 대략 십 분이 걸린다. 강가까지 가려면 매사추세츠 애비뉴라는 꽤 큰 대로를 가로질러야 하지만, 그것만 빼면 나머지는 자동차도 별로 다니지 않는 조용하고 한적한 주택가의 생활도로다. 가로수가 우거진 완만한 언덕길이 몇 개 나오고, 그것들을 오르내리며 하버드 대학 기숙사의 오래된 벽돌 건물을 지나면 찰스 강이 보이기 시작한다. 푸르른 나무들 사이로 아름답게 굽이치는 커다란 강의 양 기슭에 널찍하고 긴 산책길이 끝없이 뻗어 있다. 다리 몇 개가 양쪽 길을 연결한다. MIT(매사추세츠 공과대학) 언저리까지 쭉 따라 내려가면 이윽고 강은 자연스럽게 보스턴 다운타운과 케임브리지 시의 경계를 이룬다. 거기까지 가면 대서양이 조금씩 보이기 시작할 것이다.

여름에는 가로수가 산책길에 짙고 시원한 그림자를 드리운다. 보스턴의 여름은 누가 뭐라 하든 멋진 계절이다. 하버드와 BU(보스턴 대학)의 학생들이 레가타* 연습에 여념이 없다. 여자들은 잔디 위에 타월을 깔고 iPod을 들으며 무척 과감한 비키니 차림으로 일광욕을 즐긴다. 밴에서 아이스크림을 파는 이동식 가게도 있다. 누군가는 기타를 치며 노래를 부른다. 개는 플라스틱 원반을 쫓아 달린다. 그러나 머지않아 뉴잉글랜드 특유의 짧고 아름다운 가을이 그 자리를 차지한다. 우리를 에워싸고 있던 깊고 압도적인 녹음은 어렴풋한 황금빛에 조금씩 자리를 내어준다. 그리고 러닝용 반바지에 스웨트팬츠를 덧입을 무렵이 되면

---

* 조정, 요트, 보트 경기를 통틀어 이르는 말.

마른 낙엽이 바람에 춤을 추며 날아오르고, 톡톡 도토리가 아스팔트를 때리는 단단하고 메마른 소리가 주변에 울려퍼진다. 이때부터 다람쥐들은 겨울잠을 앞두고 먹잇감을 모으느라 눈에 불을 켜고 뛰어다닌다.

핼러윈이 지나면 이 일대에 겨울이 유능한 세금징수원처럼 소리없이, 그러면서도 정확하게 찾아온다. 강 수면을 훑고 불어오는 바람은 바짝 날을 세운 손도끼처럼 차갑고 예리해진다. 우리는 장갑을 끼고, 털모자를 귀까지 푹 눌러쓰고, 때로는 마스크까지 하고서 달린다. 그래도 찬바람 정도는 견딜 만하다. 각오하고 나가면 그럭저럭 참아낼 수 있다. 치명적인 것은 폭설이다. 쌓인 눈이 곧 미끄럽고 거대한 얼음덩어리로 변해 길을 막아버린다. 그러면 우리는 달리기를 포기하고, 실내수영장에서 수영을 하거나 변변찮은 사이클링 머신에 올라 체력을 단련하면서, 새봄이 와서 얼음이 녹고 다시금 강가를 달릴 수 있는 날을 묵묵히 기다린다.

그것이 찰스 강이다. 사람들은 이곳에 찾아와 각자의 방식으로 강을 돌며 자신들의 생활을 즐긴다. 그냥 느긋하게 산책을 하고, 개를 산책시키고, 자전거를 타거나 조깅을 하고, 아니면 롤러블레이드를 즐긴다(어떻게 그런 무서운 것을 '즐길' 수 있는지 솔직히 도통 모르겠지만). 사람들은 마치 무언가에 이끌리듯, 유

찰스 강변의 산책길

유히 흐르는 이 강으로 모여든다.

생각건대, 풍족한 물을 일상적으로 접하는 행위란 인간에게 중요한 의미가 아닐까. 하긴 '인간에게'라는 표현은 조금 과장일지 모르지만, 적어도 나에게는 매우 중요하게 느껴진다. 가만히 물을 바라보고 있노라면 무언가를 조금씩 잃어가는 느낌이 든다. 그것은 음악을 무척 좋아하는 사람이 어떤 사정으로 오랫동안 음악에서 멀어져 있을 때 느끼는 감정과 조금은 비슷할 것 같다. 어쩌면 내가 나고 자란 곳이 바닷가 근처라는 사실과도 어느 정도 관계가 있을지 모른다.

어쨌든 강에 도착해서 롱펠로 다리 언저리의 산책길을 달리기 시작하면, 나는 낯익은 장소로 돌아온 것처럼 편안한 느낌이 든다. 이 '편안한 느낌'을 좀더 긴 문장으로, 한자를 곁들여 구체적으로 설명하자면, "아, 여기 나라는 인간은 이렇게 근본적으로는 별 의미도 없이—그러나 사실은 좋든 싫든 단편적인 에고를 지니고—살아가려 하고 또한 살아가는 비합리적이고 미소微小하며 잡다한 수많은 존재 중 하나구나"라는 실감이 불현듯 다가오는 것이다. 이런 것을 일일이 말하기 시작하면 이야기가 길어질 테니 아주 간단히 말해, 그냥 '편안한 기분'이다.

강 수면은 나날이 미묘하게 변화하며 빛깔과 물결의 모양과 흐르는 속도를 바꾼다. 그리고 계절은 그것을 에워싼 동식물의 모습을 한 단계씩 확실하게 변모시킨다. 온갖 크기와 모양의 구름이 어디선가 슬그머니 나타났다 사라지고, 강은 하얀 햇살의 움직임을 선명하게, 때로는 흐릿하게 수면에 비춘다. 계절에 따라 마치 스위치를 누른 것처럼 바람의 방향이 바뀐다. 그 촉감과 냄새와 방향으로 우리는 계절의 추이가 새기는 눈금을 명확하게 느낄 수 있다. 나는 그런 실감나는 흐름 속에서 나라는 존재가 자연이라는 거대한 모자이크의 한 조각에 불과하다는 것을 느낀다. 마치 북한의 화려한 매스게임 속 한 사람처럼. 비유의 온당함은 제쳐두고, 그럭저럭 나쁘지 않은 기분이다.

매사추세츠 주 보스턴에서 케임브리지까지의 일대는 조깅 애호가에게 매우 이상적인 장소라고 할 수 있을 것이다. 보스턴이 조깅의 메카라고 단언할 수는 없지만, 달리기를 즐기는 인구가 다른 도시에 비해 상당히 많을 것은 확실하다. 보스턴에는 건강에 신경쓰고 그러기 위해 돈과 시간의 투자를 마다하지 않는 지적 전문직(예전에는 그런 사람들을 여피라고 불렀던가) 인구층이 매우 두텁기 때문이다. 동네의 러닝용품 가게도 상당히 잘 갖춰져 있다. 러닝화 메이커 '뉴발란스'를 비롯한 몇몇 러닝 관련 기업도 이 지역에 토대를 두고 있다. 그리고 무엇보다, 그 무엇보다, 보스턴에서는 보스턴 마라톤이 열린다.

3월에 접어들어 드디어 단단한 눈덩어리가 녹고, 뒤를 잇는 달갑지 않은 진창도 마르고, 사람들이 두꺼운 외투를 벗고 찰스 강변으로 몰려들 즈음이면(강가의 벚꽃이 피려면 아직 멀었다. 이 지역의 벚꽃은 5월에 핀다), '자, 그럭저럭 준비도 다 됐으니……' 하듯이 보스턴 마라톤이 찾아온다. 나는 이 유서 깊고 유명한 마라톤 대회에 총 네 번 출전했다(주: 이 책이 나온 지금은 총 여섯 번이다). 1991년, 1992년, 1994년, 1995년이다. 1993년에는 안타깝게도 소설 집필에 쫓겨 출전을 단념했는데, 어쩔 수 없다 싶으면서도 왠지 서운했다. 어쨌든 나에게는 이 마라톤 대회가, 조금 과장하자면 정신적인 고향 같은 존재가 되어버린 것이다.

그럼 대체 보스턴 마라톤의 어떤 면이 다른 마라톤 대회에 비해 그토록 대단하게 느껴지느냐, 물론 거기에는 많은 이유가 있다. 그렇지만 다 들어줄 여유가 없으니 딱 하나만 꼽으라고 한다면, "첫째로 누가 뭐라든 그곳에는 정경의 매력이 있다"고 나는 대답할 것이다. 거기에는 분명 정경의 매력이 있다.

마라톤 코스는 홉킨턴이라는 교외의 작은 마을에서 출발해 녹

보스턴 마라톤 대회에서 달리는 작가. 지금까지 총 여섯 번 출전했다

음이 길게 이어지는 전원풍경을 통과하고, 세련된 고급주택가를 지나, 오른쪽으로 90도 꺾어, 심장이 터진다는 전설의 언덕을 넘어(물론 진짜로 심장이 터지진 않는다. 그저 징글징글할 뿐이다), 이윽고 보스턴 시가지에 들어서고, 출발점으로부터 26마일 남짓 떨어진 다운타운의 마천루 앞에서 극적으로 끝을 맺는다. 매사추세츠의 봄은 물론 아름답지만, 솔직히 말해 비할 데 없이 아름다운 풍경이라고 극찬할 정도는 아니다. 풍경만 따지면 훨씬 아름다운 곳이 얼마든지 있을 것이다.

그러나 이 26마일 코스가 우리 눈앞에 쉴새없이 펼쳐 보이는 풍경은 왠지 모르게 마음속 깊은 곳을 술렁이게 만든다. 나는 뉴욕 시티 마라톤과 호놀룰루 마라톤에도 참가했고 그 코스들도 나름대로 아름답고 인상적이었다고 기억하지만, 보스턴 마라톤 코스의 풍경에는 다른 대회에서 느낄 수 없는 특별한 무언가가 있는 것 같다. 그게 대관절 무엇인지, 나는 그 코스를 달릴 때마다 생각했다. '대체 이 정경 속 무엇이 우리에게 그토록 특별히 다가오는 것일까?' 그러다 어느 순간 문득 깨달았다. 그 정경은—어려운 표현을 써서 대단히 죄송하지만—일종의 '개념 설정' 같은 것을 확고하게 품고 있다고. 이렇게 말하면 전달이 잘 안 되려나. 으음, 어쩌면 determination이라는 영어 표현에 더 가까울지도 모르겠다. 요컨대 '이것이 우리가 생각하는 마라톤의 모습이다'라는 하나의 명확한 결의가 확연하게 느껴진다는 것이다. 그 정경 속에서……

누가 언제 그런 불가사의한 결의를 했는지, 물론 나는 모른다. 그러나 그것은 확실하게 거기 있다. 그리고 우리 주자들은 달리면서, 그렇게 결의된 개념에 신기할 정도로 완벽하게 감정을 동화시킬 수 있는 것이다. 이것은 역시 누가 뭐라든 특별한 점이라고 단언할 수 있지 않을까.

"흥, 고작 마라톤 경주에 결의된 개념을 부여한다는 게 말이 돼?"라고 당신은 말할지도 모른다. 그 심정은 나도 모르는 바 아니다. 하지만 이 경주의 그런 스노비즘은 어찌 보면 뉴잉글랜드라는 지역의 스노비즘과 자연스레 겹쳐진다. 좋든 싫든 간에 그 풍경과 결의는 이제 표리일체, 불가분한 관계가 된 것으로 보인다. 그것은 아마 백 년이라는 오랜 세월과, 수많은 사람들 손의 온기와, '오래될수록 좋다'는 보스턴 사람 특유의 완미함으로 알게 모르게 꾸준히 다져진 determination일 것이다. 아무튼 나는 지금도 그 코스의 풍경을 머릿속에서 순서대로 '이랬다가, 저랬다가, 거기 그게 있고, 여기 이게 있고' 하는 식으로 떠올릴 수 있다. 인생 최초의 데이트 코스를 세세하고 또렷하게 떠올릴 수 있는 것처럼.

마라톤 경주가 끝나면 코플리 플레이스에 있는 '리걸 시푸드'

로 직행해서 먼저 차가운 새뮤얼 애덤스 맥주를 마신다. 그리고 체리스톤이라는 조개찜 요리를 먹는다. 웨이트리스가 내 목에 걸린 완주 메달을 보고 "Oh, you are one of those crazy people, aren't you?"라고 말을 건다. 어머, 당신도 그 크레이지한 사람들 중 한 명이군요. 그래요, 나도 그들 중 한 사람입니다. 고마워요. 그제야 비로소 '아, 올해도 보스턴을 달렸구나'라는 실감이 샘솟는다.

그러나 정말로 멋진 것은 경주 다음날이다. 다음날 아침, 나는 평소처럼 집에서 찰스 강까지 달린다. 물론 경주의 여파로 다리가 욱신거려 빨리 달리기는 힘들고, 그렇게 오래 달릴 수도 없다. 그래도 어쨌든 강까지 달린다. 흐르는 강물을 바라보며 변함없는 산책길을 한가롭게, 신체를 위무하듯이 달린다. 딱히 서두를 건 없다. 중요한 경주는 이제 끝난 것이다. 사실 대단한 기록도 아니고, 아쉬움이 없지도 않다. 누가 칭찬해주지도 않는다. 다른 사람들 눈에 나는 그저 one of those crazy people일 뿐이다. 그래도 어쨌거나 나는 요 일 년간 매일 아침 건강하게 달리기를 해왔고, 덕분에 하나의 결론으로 또다시 보스턴 마라톤을 완주해낸 것이다. 이 역시 멋진 일이 아닐까. 사소하나마 일종의 성취라 불러도 되지 않을까.

나는 봄날의 공기를 가슴 가득 들이마시며(다행히 나는 꽃가루알레르기가 없다), 부풀어가는 벚나무 꽃망울을 바라본다. 보스턴에서는 5월 초순경 벚꽃이 만개한다. 구름이 소리없이 느릿느릿 흘러가고, 명랑한 집오리들이 목청을 돋우며 강물을 타고 다리 밑을 지나간다. 마치 재밌는 놀이에 푹 빠진 어린아이들처럼. 이윽고 맞은편에서 언제나처럼 다리를 살짝 끌면서 뛰는 중년 조거가 다가온다. 스치는 순간, 우리는 서로에게 살며시 미소지으며 가볍게 손을 들어 인사한다.

그리고 아마도 우리는 벌써부터 내년 봄을 생각하고 있을 것이다.

〔덧붙이며〕

달리 말할 것도 없이, 2013년 발생한 '보스턴 마라톤 폭탄 테러 사건'은 전 세계 사람들에게, 특히 시민 러너들에게 크나큰 충격을 안겨주었다. 마라톤 경주는 가장 무방비한 차림새의 사람들이 모이는 자리다. 그들은 어째서 그렇게 평화로운 장소를 굳이 표적으로 삼아야 했을까? 보스턴 마라톤이 슬픔과 분노를 이겨내고, 특유의 친근한 분위기를 간직한 채 오래도록 존속하길 간절히 기원한다.

푸른 이끼와
온천이
있는 곳

아이슬란드

ÍSLAND

1 작가회의

올해 9월 아이슬란드 레이캬비크에서 '세계 작가회의' 비슷한 행사가 열려서 참석했다. 나는 리셉션, 강연, 사교, 회식 같은 공식적인 자리가 이상하게 거북해서 그런 유의 모임에는 되도록 얼굴을 내밀지 않으려 한다. 그러나 아이슬란드에서 날아온 초대장에는 '흐음, 아이슬란드라' 하며 한동안 고민하다가, 세계지도를 펼쳐 아이슬란드를 찾아보고는 큰맘 먹고 가보기로 결정했다. 그도 그럴 것이 이런 기회가 아니면 아이슬란드에 갈 일이 또 언제 생기겠는가. 지도상에서 아이슬란드는 실로 세계의 꼭대기, 혹은 끄트머리에 있는 듯 보인다. 한쪽 발을 거의 북극권에 디딘 것이나 마찬가지다. 끄트머리에 뭔가 있으면 저도 모르게 가보고 싶어지는 것이 나의 성벽 중 하나다.

게다가 때마침 나의 소설 『스푸트니크의 연인』이 9월에 아이슬란드에서 번역 출판될 예정이었다. 『국경의 남쪽, 태양의 서쪽』에 이은 두번째 아이슬란드어 번역이다. 그런데 아이슬란드의 인구는 고작 30만 명 남짓이다. 잘은 몰라도, 어쩌면 도쿄 도 미나토 구의 인구보다 적지 않을까? 그런 작은 시장에 내 소설의 번역서를 내서 수지가 맞을 리 없을 텐데. 그런 생각이 들자 역시 이번 기회에 큰맘 먹고 가봐야겠다 싶어졌다. 아이슬란드는 과연 어떤 나라일까? 그곳 사람들은 무슨 생각을 하고, 어떤 삶을 살아가고 있을까?

2 '널널한' 나라

도쿄에서 레이캬비크까지는 직항편이 없으므로 일단 코펜하겐까지 가서 아이슬란드 항공기로 갈아탄다. 코펜하겐까지는 대략 열 시간 반, 거기서 레이캬비크까지 세 시간 남짓. 다 합하면 꽤 긴 여정이다. 그동안 나는 책을 네 권 읽었다.

아이슬란드의 면적은 시코쿠와 홋카이도를 합친 정도다. 넓기는 제법 넓다. 그러나 앞서 말했듯이 인구가 30만 명 정도밖에 안 되어 상당히 '널널한 느낌'이다. 물론 유럽에서도 인구밀도가 가장 '널널한' 나라다. 숫자만 들어도 어련히 그렇게 상상이 되지만, 직접 가보면 정말로 사람이 거의 없다. 물론 레이캬비크는 수도이자 도심이라(인구의 절반가량이 여기 모여 있다) 나름대로 번화하고, 아침저녁으로는 도로 정체현상도 보이지만(다른 교통기관이 거의 없어서 다들 차를 갖고 다닌다), 렌터카를 빌려 조금만 벗어나면 정말이지 말 그대로 텅텅 비어 있다. 가도가도 스쳐지나는 차 한 대 없고, 인적도 찾기 힘들다. 인구가 856명이니 348명이니 하는 아담한 마을이 잊을 만하면 가끔씩 튀어나올 뿐이다. 마을과 마을 사이에는 이끼가 자란 광활한 용암대지가 끝도 없이 펼쳐져 있다. 무엇보다, 이렇게 면적이 넓은 나라에 지역번호라는 게 없다. 나라 전체에서 시내통화가 가능하다.

아이슬란드도 최근 들어 유럽의 새로운 관광지로 주목받고 있으니 여름 시즌에는 관광객들로 제법 북적거릴 테지만, 내가 갔던 9월 초는 완연한 가을이라 관광객을 거의 찾아볼 수 없었다. 호텔은 대부분 영업을 아예 중단하거나 규모를 대폭 축소한 상황이었다. 온 나라에 '이제 문 닫습니다' 하는 분위기가 가득해서 덕분에 북변北邊다운 적막감 하나는 생생히 느낄 수 있었다. 잘 몰랐는데, 아이슬란드의 관광산업은 5월경 시작해 8월 말 거의 딱 끝나버린다. 그리고 막간처럼 짧은 가을이 들렀다가, 뒤이어 길고 어두운 겨울이 찾아온다.

9월 초인데도 역시 아이슬란드는 제법 추웠다. 일본처럼 '늦더위가 기승을 부리는' 분위기는 전혀 없다. 스웨터를 껴입고, 가죽점퍼를 걸치고, 목도리까지 두르는 게 평범한 나날의 기본 장비다. 무엇보다 바람이 차다. 이제 9월인데 이렇게 추우면 한겨울에는 얼마나 추울까 걱정이 앞서는데, 막상 한겨울의 추위는 그리 호되지 않은 모양이다. 멕시코 난류가 아이슬란드 언저리까지 올라오므로 위도에 비해 겨울이 별로 춥지 않다는 것이다. 오히려 위도상 훨씬 아래인 유럽 각국의 추위가 더 매섭다고 한다. "뉴욕 날씨와 별 차이 없어요"라고 아이슬란드 사람들은 주장한다. 그러나 추위는 그렇다 쳐도, 북극권에 한없이 가까운 위치이니만큼 겨울밤이 몹시도 길다. 북쪽 지역은 하루 중 두 시간 정도밖에 해를 볼 수 없고, 나머지는 캄캄했다가 조금 어스름해졌다가 하는 그러데이션의 변화뿐이다. 사람들은 집안에서 책을 읽거나 렌털비디오를 보는 수밖에 없다. 이런 곳을 일반 관광객이 굳이 제 발로 찾아오진 않으리라.

그런 까닭에 9월 초 '세계 작가회의' 같은 행사가 개최된 것이다. 관광객이 확 줄어 호텔 잡기도 쉽고 하니.

3 독서를 즐기는 나라

작가회의에 대해서는 별로 할 얘기가 없다. 내가 한 일이라고는 작품 낭독과 단상 공개 인터뷰, 신문 인터뷰 두 건, 아이슬란드 대학에서의 강연(비슷한 것), 서점 사인회, 그리고 개회 리셉션 참석과 칵테일파티에서 다른 작가들과 대화를 나눈 정도다. 익숙지 않은 일을 하자니 역시나 피곤하더군요. 정말로. 그래도 아이슬란드의 젊은이들과 무릎을 맞대고 얘기한 시간은 매우 즐거웠습니다. 그리고 옆자리에 앉은 싹싹한 아주머니와 잠깐 잡담을 나누고 기념품을 받았는데, 나중에 들으니 그분이 다름아닌 아이슬란드 전직 대통령이었다는 것이다. 정말이지 거드름이라곤 느껴지지 않는 지극히 평범한 사람이었는데.

아이슬란드에서 가장 놀란 것은 사람들이 책을 매우 열심히 읽는다는 점이다. 아마 겨울이 길어 실내에서 지내는 시간이 많은 이유도 있겠지만, 이 나라에서는 독서에 매우 큰 의미와 가치를 두는 듯하다. 집의 서가가 얼마나 충실한가로 그 사람의 가치가 판가름된다는 얘기도 들었다. 인구에 비해 대형 서점이 많고, 아이슬란드 문단도 활발해, 1955년에는 할도르 락스네스가 노벨문학상을 수상했다. 그가 세상을 떠나자 대표 장편소설 『독립한 민중』을 라디오에서 몇 주에 걸쳐 낭독했고, 그 시간에는 전

국민이 말 그대로 라디오 앞에 못박혀 있었다고 한다. 버스가 운행을 멈추고, 어선도 조업을 중지했다. 대단하지 않습니까. 작가 수도 많아서 레이캬비크에만 340명이 '작가'로 등록되어 있다고 한다. 나가세 마사토시 주연의 영화 〈콜드 피버〉(프리드리크 프리드릭손 감독)에서 언급했듯이, 아이슬란드는 인구당 작가 수가 세계에서 가장 많은 나라다.

아이슬란드 사람들은 거의 모두 바이링구얼 수준으로 유창한 영어를 구사하지만, 그들이 자국 문화와 언어에 대해 품고 있는 애정과 긍지는 나 같은 뜨내기 여행자의 눈에도 매우 명백하고 확고해 보였다. 아이슬란드어는 내력을 따지자면 고대 노르웨이어에 가까운 언어로, 서기 800년 무렵부터 구조적으로는 거의 변화하지 않았다. 당대 유럽에서 문학성을 높이 인정받은 '아이슬란드 사가*' 속의 언어가 오늘날까지 면면히 이어져오는 것이다. 즉 천 년도 더 지난 옛날의 고어가, 일본으로 치면 『겐지모노가타리』 때와 같은 언어가 지금껏 현역으로 쓰이고 있는 셈이니 실로 대단하다.

다만 외국인이 아이슬란드어를 습득하기란 매우 어려운 모양이다. 아이슬란드 사람에게 물어보면 백이면 백 "아이슬란드어

* saga, 12세기에서 13세기에 걸쳐 북유럽에서 성행한 산문체 이야기.

는 엄청나게 어려워요"라고 대답한다. 발음만 해도 완전하게 익히기가 거의 불가능하다고 한다. 하긴 어디를 가든 대부분 영어가 통하니까(레이캬비크에서 멀어질수록 조금 위태로워지긴 해도) 여행에는 전혀 불편함이 없지만, 그래도 왠지 모르게 이상한 흥미를 자아내는 언어다.

아이슬란드어가 왜 오랜 세월 변화하지 않았는지 살펴보면, 역시나 유럽의 진정한 '끄트머리'이기에 주변국과의 왕래가 힘들어 거의 최근까지 문화 교류가 활발하지 못했다는 점이 가장 큰 원인으로 꼽힌다. 오랫동안 외래문화나 외래어가 아주 조금씩밖에 들어오지 않았기 때문에 언어가 비교적 순수한 상태로 남게 된 것이다. 아이슬란드 사람들은 그런 자문화의 독자성을 상당히 의식하며, 지금도 외래어를 최대한 쓰지 않으려 노력한다. 예를 들어 팩스나 컴퓨터 같은 단어도 그대로 들여오지 않고, 신중하고 주의깊게 아이슬란드 언어로 바꿔서 사용한다. 그런 면은 일본과 상당히 다르죠.

4 조금 특이한 아이슬란드의 동물들

변하지 않은 것으로 말하자면, 아이슬란드의 동물들도 언어와 마찬가지로 예로부터 그리 큰 변화를 거치지 않았다. 다른 나라에서 동물을 들여오는 것을 엄격하게 규제하기 때문이다. 여기에는 그럴 만한 이유가 있다. 아이슬란드는 그다지 길지 않은 역사 속에서도(아이슬란드의 역사는 9세기에 시작된다. 그 전까지 이 섬은 완전히 무인도나 다름없는 상태였다), 외국에서 들어온 역병으로 가축이 전멸하거나 인구가 급감하는 뼈아픈 경험을 몇 번이나 겪었다. 좁은 섬에서는 도망갈 길이 없고 면역력도 강하지 않기 때문에 한번 역병이 들어오면 걷잡을 수 없는 사태로 번지는 경우가 많다. 그래서 외국에서의 동물 유입이 엄격하게 규제되었고, 덕분에 대부분의 동물이 '아이슬란드 사양'으로 독자적인 진화를 계속해온 것이다. 예를 들어 아이슬란드의 양은 꼬리가 없다. 아이슬란드 사람한테 물어보면 또 "난생처음 외국에 갔더니 양에 꼬리가 달려 있어서 깜짝 놀랐어요"라고 한다.

나는 양고기를 안 먹어서 잘 모르지만, 아이슬란드의 양고기 맛은 다른 곳과 조금 다르다고 한다. 아이슬란드 사람 얘기로는 이곳 양들은 옛날처럼 향기로운 자연 목초를 먹고 자라기 때문에 고기에도 자연스레 좋은 향이 밴다는 것이다. 양고기를 좋아해서 자주 먹는 내 아내는 "독특해서 호불호가 갈릴 만한 맛"이라고 평했다.

아이슬란드의 말도 다른 지역의 말과 상당히 다르다. 초기 식민시대에 들여온 뒤로 다른 혈통이 거의 섞이지 않아 고대 스칸디나비아 말의 모습이 고스란히 남아 있다. 전체적으로 몸집이 작고, 갈기가 굉장히 길다. 꼭 옛날 그룹사운드 가수처럼 앞머리를 젖히며 달려오는 모습이 요염하기까지 하다. 아이슬란드의 거친 대지를 달리는 데 적응된 이 말들은 참을성이 강하고 성격이 온순하며 길들이기 쉬워서 유럽에서 인기가 많은 모양이다. 옛날에는 섬의 유일한 이동수단으로 귀한 대접을 받았지만 지금은 다들 대형 사륜구동을 타고 다니니 당연히 그런 유용성은 사라져버렸고, 대신 레크리에이션으로 승마가 성행하고 있다. 아이슬란드의 말은 경마 같은 데에는 적합하지 않지만 일반적인 승마에는 잘 맞아서 곳곳에 승마클럽이 눈에 띈다. 하긴 휑할 만큼 넓은 동네니 말을 타고 달리면 즐거울 것 같다.

아이슬란드의 고양이도 다른 나라 고양이와 아주 다른 느낌이다. 나는 고양이를 좋아해서 외국에 갈 때마다 그곳 고양이의 생김새나 기질을 자세히 관찰하곤 하는데, 그중에서도 아이슬란드의 고양이는 꽤 흥미로웠다. 첫째로 인구에 비해 고양이 수가 엄청나게 많다. 사할린에서는 온통 개밖에 안 보였는데 아이슬란드에는 고양이가 압도적으로 많다. 레이캬비크 거리를 산책하다 보면 자주 고양이를 마주친다. 비교적 큰 덩치에, 아름다운 털이 정성껏 손질되어 있으며, 사람을 잘 따른다. 모두 이름이 적힌 목줄을 달고 있다. 소속이 확실하다. 척 봐도 소중하게 키우는 티가 난다. 그런 고양이가 제법 자유롭게, 기분 내키는 대로 어슬렁어슬렁 동네를 돌아다닌다. 그리고 "이리 와" 하고 (일본어로) 부르면 거리낌없이 다가온다. 아이슬란드의 고양이가 다른 나라 고양이와 다르다지만 겉보기에는 별 차이가 없다. 그러나 성격이 매우 대범하고 인간에 대한 경계심이 적은 것 같다. 어쩌면 고양이들은 이 북쪽 끄트머리 땅에서 어떤 특별한 내적 변화를 거쳤을지도 모른다. 어쨌거나 고양이를 좋아하는 사람에게는 반가운 동네임이 틀림없다. 거리를 걷기만 해도 마음이 따뜻해진답니다.

5 아이슬란드의 식사

아이슬란드의 주요 산업은 어업이다. 당연히 생선이 신선하고 맛있다. 이것은 일본인 여행자에게 무척 고마운 일이다. 몽골이나 터키를 여행할 때는 어디를 가나 양밖에 없어서 육식에 약한 나는 적잖이 의기소침해지곤 했는데, 아이슬란드에서는 어디를 가나 신선한 생선이 있어서 살 것 같았다. 레스토랑에 가서는 굳이 메뉴를 살펴볼 것 없이 "오늘의 생선 정식요"라고 주문하면 된다. 그러면 보통 흰살 생선을 찌거나 튀긴 요리가 나온다. 양도 많아서 먹고 나면 든든하다. 곁들여 나오는 음식들도 알차다.

아이슬란드는 전반적으로 물가가 비싼 곳이라 이런 정식도 절대 싸지 않다. 점심으로 생선 정식을 먹으면 대략 2000엔 정도 한다. 그것도 지극히 평범한 수준의 레스토랑 가격이다. 점심치고는 비싼 느낌이다. 그래도 맛은 그런대로 나쁘지 않다. 또 어느 레스토랑에나 '시푸드 수프'라는 메뉴가 있는데, 먹으면 몸이 후끈후끈해진다. 흰살 생선이나 연어, 새우, 조개관자, 홍합 같은 재료가 듬뿍 든 풍성한 수프다. 이것도 입맛에 맞아서 제법 자주 먹었다.

요리뿐만 아니라 주류 가격도 상당히 비싸다. 아이슬란드에서는 옛날부터 음주에 얽힌 말썽이 많아서(아마도 겨울이 길고 혹독한 탓이리라) 오랫동안 금주제도가 이어지다 제법 근년에 들어서야 폐지되었다. 그런데 이상하게 유독 맥주에 대해서는 그 후로도 계속 금주법이 적용되어, 놀랍게도 아이슬란드에서는 1980년대 말까지 맥주를 전혀 마실 수 없었다. 물론 많은 사람이 자기 집 헛간에서 손수 맥주를 만들어 마셨고, 밀매업자들은 온갖 수단을 동원해 외국 맥주를 대량으로 국내에 들여왔다. 예를 들면 어선 선원들이 세관의 눈을 피해 운반하는 식이다. 워낙

어선 수가 많고 해안선이 길어서 작업 자체는 그리 어렵지 않다. 예로부터 금주제도란 효과를 발휘한 전례가 없다. 아이슬란드의 뛰어난 영화감독 프리드리크 프리드릭손이 만든 〈무비 데이스〉라는 매력적인 영화가 있는데, 1960년대 레이캬비크의 생활상을 묘사한 이 영화에도 맥주 밀수로 돈을 벌어 우아한 생활을 하며 근방에서 유일하게 텔레비전을 갖고 있는 남자가 등장한다. 주인공 소년은 맥주 상자 옮기는 일을 거들며 용돈을 번다. 그런데 위스키 밀수 하면 영화 〈언터처블〉처럼 악하고 거친 느낌이 들지만 맥주 밀수는 왠지 그럴듯한 이미지가 안 떠오르죠. 그저 무겁기만 하지.

아이슬란드 정부는 금주제도를 폐지한 뒤에도 높은 관세를 매겨 음주를 제한하고 있으며, 그 때문에 주류 가격이 매우 비싸다. 레스토랑에서 와인이나 맥주를 마시고 계산서를 보면 적잖이 놀랄 것이다. 알코올 섭취량 제한에는 금주법보다 이쪽이 훨씬 현실적인 효과를 발휘하는 듯도 하다. 그나저나 만약 일본에서도 맥주가 불법이 된다면 어떻게 해야 할지 나는 도무지 짐작도 가지 않는다. 어디 망명이라도 해야 할까.

6 퍼핀을 찾아서

아이슬란드의 명물은 퍼핀이다. 퍼핀을 아십니까? 일본에서는 에투피리카라고도 한다. 매우 신기하게 생긴 새인데, 북극 근방에 서식하면서도 부리는 꼭 남국의 꽃처럼 컬러풀한데다 다리는 오렌지색이라 전혀 북방스럽지 않다. 눈매가 왠지 모르게 한신(현 라쿠텐)의 호시노 감독과 비슷하다. 봄이 되면 바다 절벽에 군락을 형성해 굴속의 둥지에서 새끼들을 키우고, 가을 겨울에는 바다 위를 날며 물고기를 잡아먹고 산다. 샐러드나 구운 고기 같은 건 먹지 않는다. 물고기만 먹는다. 일 년 중 거의 칠 개월은 육지에 전혀 발을 디디지 않고 해상에서 생활한다고 한다. 꼭 〈피아니스트의 전설〉* 같죠. 전 세계에 온갖 새가 있지만 이 녀석들만큼 한눈에 알아볼 수 있는 새는 없을 것이다. 보자마자 "아, 퍼핀이다!" 소리가 나온다. 첫째로 생김새부터 튄다. 배가 하얗고 등은 검은 것이 펭귄과 비슷한데, 물고기의 눈을 속이고 등으로 태양열을 흡수하기 위해서다. 여러모로 합리적으로 고안된 셈이다. 부리가 왜 그렇게 컬러풀한가에 대한 설명은 없지만.

---

* 신대륙으로 향하는 여객선에서 평생을 보낸 피아니스트의 삶을 그린 주세페 토르나토레 감독의 영화.

실제로 아이슬란드는 여름철 퍼핀 군락이 세계에서 가장 많은 곳이다. 가장 많을 뿐 아니라 압도적인 점유율이다. 그래서 아이슬란드는 '퍼핀의 세계 수도'로 불린다. 그중에서도 남부 해안에 위치한 웨스트만 제도라는 작은 군도에 수많은 퍼핀이 집결하는 것으로 유명하다. 대략 600만 마리가 이곳에 둥지를 틀고 알을 낳는다고 한다. 600만 마리라니! 아이슬란드 인구가 30만이라는 것을 떠올리면 실로 어마어마한 숫자다.

그러므로 이왕 아이슬란드에 가는 김에 그 섬에 가서 퍼핀의 실물을 봐야겠다고 생각했는데, 현지에 전화를 걸어 "퍼핀 있나요?"라고 문의했더니 "안타깝지만 이미 새끼를 다 키우고 바다로 떠나버렸어요"라는 대답이 돌아왔다. 8월 마지막 주쯤에는 다들 군락을 떠나 해상생활 모드로 들어가는 모양이다. 유감이다. 그때 나는 가을이 되면 퍼핀들이 바다로 떠나버린다는 사실을 몰랐던 것이다. "뭐, 새끼들은 아직 조금 남아 있습니다만."

새끼들?

퍼핀 어미는 새끼를 어느 정도 키우고 나면 "이제 네 힘으로 살아봐" 하듯이 쌩하니 바다로 날아가버린다. 그리고 아직 세상물정 잘 모르는 새끼들만 남겨진다. 어느 날 아침 눈을 뜬 새끼들은 자기가 부모에게 버림받았음을 알아챈다. 이제 아무도 먹이를 물어다주지 않는다. 한동안은 '밥때 아직 멀었나?' 하며 얌전히 기다리지만, 아무리 있어봐도 어미는 돌아오지 않고 배는 점점 고파지니 결국 떠밀리듯 둥지를 벗어나게 된다. 본능이 이끄는 대로 날개를 퍼덕여 바다에 가서 스스로 먹잇감을 잡는다. 먹잇감을 잘 못 잡는 새끼 퍼핀은 그대로 죽어간다. 지극히 단순한 세계다. 인간이라면 이렇게는 못하겠죠. 부모에게 버림받는다면 설령 어찌어찌 살아남더라도 트라우마가 생겨서 남은 인생에 지장이 올 것이다. 그러나 바로 어제까지 몸이 부서지도록 열심히 새끼에게 먹이를 날라주던 어미 퍼핀들이 어느 날 갑자기 "이젠 나도 모르겠다"며 태도를 백팔십도 바꿔서 어딘가로 떠나버리는 클리어한 인생관에는 눈여겨볼 만한 무언가가 있을 것 같기도 하다.

제아무리 자연의 본능이라 해도 남겨진 새끼 퍼핀이 모두 무사히 바다로 날아가지는 못한다. 적지 않은 수가 방향을 잘못 잡아 반대쪽 마을로 날아온다. 마을 쪽이 더 밝고, 왠지 모르게 북적거리고, 재밌는 일도 있을 것 같아서 무심코 이끌려오는 것이다. 그 마음은 나도 이해할 수 있을 것 같다. 그러나 바람직한 일은 아니다. 그런 도시 지향적 무리는 밤이면 마을을 이리저리 배회하다가 차에 치이거나 고양이나 개에게 습격당하거나 '아, 배고프다, 어지럽네' 하면서 그대로 굶어 죽는다. 그래서 마을 아이들이 길 잃은 새끼 퍼핀을 여기저기서 모아 종이상자에 넣어

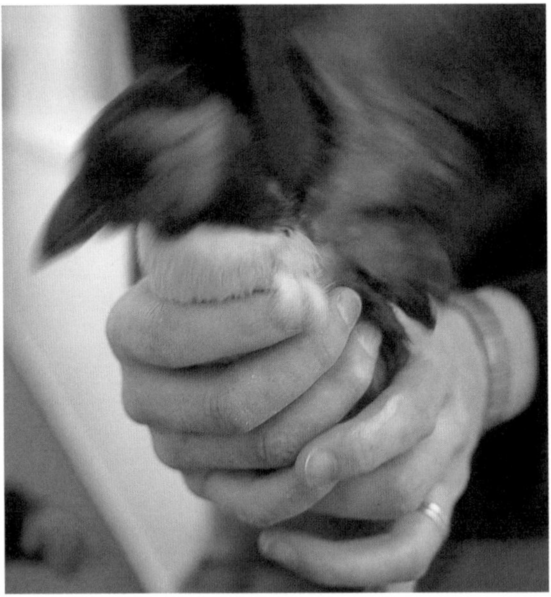

길 잃은 새끼 퍼핀 구출 작전

서 집에 데려가 밥을 먹이고, 아침에 바닷가로 데리고 나가 바람을 타고 날아가도록 해주는 것이 연중행사로 자리잡았다. 그렇게 마을 전체가 '길 잃은 새끼 퍼핀 구출 작전'을 행하는 시기가 마침 9월 초다.

제법 재미있을 것 같아서 그 섬에 가보기로 했다. 이름은 헤이마에이 섬, 웨스트만 제도에서 유일하게 사람이 사는 지역이다. 인구 4400명으로 어업이 주를 이루는데, 섬은 작지만 이곳에서 잡아올리는 어획량이 아이슬란드 전체 어업 수확의 15퍼센트를 차지한다. 퍼핀이 이곳에 집결하는 이유도 두말할 것 없이 주위에 물고기가 많아서다. 퍼핀 군락이 형성되는 시기에는 구경하러 오는 관광객으로 섬이 북적이지만 이때는 이미 휑하기 때문에 호텔 예약도 수월하다. 레이캬비크 도심을 벗어나자마자 보이는 작은 비행장(옛날에는 미군기지로 사용했다)에서 낡고 오래된 쌍발기를 타고 바람에 휘청거리며 섬으로 향한다. 섬에 가까워질수록 바람이 강해지더니 나중에는 무사히 착륙할 수나 있을지 불안할 정도로 심하게 흔들렸다.

여하튼 바람이 거세다. 섬 비행장에 내려서 건물 밖으로 한 걸음 내디디자마자 몸이 날아갈 것처럼 바람이 세차게 분다. 게다가 돌풍처럼 이따금 부는 것이 아니라 쉼 없이 일정하게 휭휭 불어댄다. 가는 빗줄기까지 섞여 있다. 섬사람에게 물어보니 거의 항상 이런 날씨라고 한다. 구름이 낮고, 날씨가 밥먹듯이 바뀌고, 비가 자주 내리고, 바다는 대체로 거칠다. 펴핀들은 은근히 이런 기후를 좋아하나보다. 나는 별로 좋아하지 않지만.

바람은 밤새도록 그칠 줄 몰랐다. 호텔 현관에는 각국 국기들이 나란히 걸려 있었는데, 그 깃발들이 세찬 바람에 나부끼는 소리 때문에 좀처럼 잠을 이룰 수 없었다. 지금도 가만히 귀를 기울이면 밤새도록 펄럭이던 깃발 소리가 들려올 것만 같다.

"밤 열시쯤 되면 배고픈 새끼 펴핀들이 거리로 나온다"는 호텔 직원의 얘기에 잠깐 나갔다가, 바람이 너무 거세고 비까지 흩뿌려서 바로 포기하고 호텔로 돌아왔다. 이런 데서 밤중에 새끼 펴핀을 찾아다녔다가는 새끼들을 구조하기 전에 내가 먼저 병이 날 것 같은 기분이었다. 그런 까닭에 우리가 그날 볼 수 있었던 것은 항구에서 발견한 새끼 펴핀 한 마리의 사체뿐이었다. 새끼 펴핀은 어미와 달리 전혀 컬러풀하지 않다. 보통 펴핀의 흑백 버전을 상상하면 된다. 흑백 버전을 보니 솔직히 "에이, 이게 펴핀이야?" 싶어 허탈해졌다. 그러나 무력한 새끼일 때부터 빛깔이 화려했다가는 육식인 갈매기나 다른 동물들의 눈에 띄어 좋은 먹잇감이 되어버릴 테니 일부러 칙칙한 색을 띠는 것일 터이다. 커가면서 차츰 색이 나고, 일 년 정도 지나면 완전한 총천연색으로 바뀐다. 아무튼 그런 흑백 새끼 펴핀이 항구 안벽에 죽어 있었다. 사인은 알 수 없지만 상처가 없었으니 배고파서 길가에 쓰러져 죽은 건지도 모르겠다.

이 마을에는 작은 자연박물관이 있는데, 아이슬란드에 서식하는 각종 동물들의 박제와 살아 있는 물고기들이 전시되어 있었다. 규모가 매우 아담하니 대단한 것을 기대했다간 실망하겠지만 분위기가 굉장히 좋다. 내가 갔을 때도 다른 손님이 하나도 없어서 한참 느긋하게 전시물을 구경할 수 있었다. 언뜻 수수한 물고기 같아도 가만히 바라보면 나름대로 매력이 있답니다. 북극권의 물고기는 은근히 괴상한 녀석이 많다. 어둡고 추운 바다 밑바닥을 일부러(인지 아닌지는 잘 모르지만) 방황하는 무리이니, 남방의 물고기와 멘탈리티가 상당히 다를 수도 있겠다.

관장님(사실 박물관 직원이라곤 이 사람 하나뿐이었지만)이 친절하고 또 한가로워 보여서 이것저것 물으니 상냥하게 대답해주었다. 새끼 퍼핀들이 아직 있느냐고 묻자 "네, 많이 있어요. 지금 여기서도 한 마리를 보호하고 있죠. 만져볼래요?"라고 했다. 그러더니 안쪽 방에서 종이상자에 담긴 새끼 퍼핀 한 마리를 들고 나왔다. 안아보았다. 가까이서 보니 무척 사랑스러웠다. 품에서 꼼짝하지 않고 얌전했다. 배가 고팠는지, 관장님이 조그만 정어리 몇 마리를 주자 놀라운 기세로 날름날름 먹어치웠다.

"내일 아침에 바다로 데려가서 놔줄 생각이에요"라고 했다.

이 섬은 바람이 강해서 허공에 그냥 휙 던져주면 그대로 바람을 타고 날아간다. 바람이 강한 것도 이럴 때는 도움이 되는군요.

관장님은 "도쿄 가사이 임해공원에 수족관을 개관하면서 이 섬에서 퍼핀을 데려갔어요. 거기 있는 퍼핀들은 이 섬의 퍼핀이죠. 그때 나도 일본에 초대받았어요. 일주일 머물면서 교토에도 들렀고요. 참 즐거웠는데. 사람은 엄청나게 많았지만"이라고 했다. 나도 임해공원 수족관에 한 번 가본 적이 있지만 퍼핀은 잘 기억나지 않았다. 있었던 것 같기도 하고…… 나중에 확인하러 가봐야겠다.

돌아오는 페리 갑판에서 실제로 아이들이 퍼핀을 허공에 날려보내는 장면을 목격했다. 악천후로 그날 항공편이 모두 취소되어서(흔한 일이라고 호텔 직원이 말했다) 하는 수 없이 페리에 몸을 싣고 세월아 네월아 본토로 돌아오는 길이었는데, 덕분에 그런 구경을 한 것이다. 아빠와 함께 페리에 오른 남자아이가 들고 있던 종이상자에서 새카만 새끼 퍼핀을 꺼내더니, '착하지, 착하지' 하듯이 머리를 쓰다듬고는 빗발이 섞인 강풍 속으로 새를 던져올렸다. 새끼 퍼핀은 '어어' 하며 당황하듯이 한동안 어색하게 주변을 날아다니다가 이윽고 바다로 내려가서 몸을 띄웠다. 그리고 눈 깜짝할 새 작고 검은 점으로 변해 파도 사이로 모습을 감췄다. 아마 새끼 퍼핀은 그곳에서 어찌어찌 살아가리라.

그리고 내년 봄이 되면 다시 이 섬으로 돌아오겠지. "힘내라"고 무심코 말을 건네고 말았다.

이렇듯 퍼핀은 이 섬의 마스코트 같은 존재지만, 동시에 오랫동안 섬 주민들의 귀중한 식재료 역할도 해왔다. 하긴 이 섬에는 어마어마한 수의 퍼핀이 살고 있으니 조금쯤 잡아먹는다고 멸종할 리는 없다. 퍼핀은 바다에 면한 낭떠러지에 둥지를 틀고 살므로 벼랑 끝에 가서 망을 사용하면 의외로 간단히 포획할 수 있다. 퍼핀 잡는 현장을 영화에서 봤는데, 사냥꾼 아저씨가 망을 휙휙 흔드니 눈 깜짝할 새 '어라라라' 하는 느낌으로 덥석 잡히고 말았다.

듣자 하니(실제로 보지 못해 사실 여부는 잘 모르겠지만) 동네 사람들은 원래 퍼핀을 통째로 구워 먹는 모양이다. 하지만 처음 먹는 사람이 통구이를 보면 아무래도 거부감이 들 테니 관광객을 상대하는 레스토랑에서는 형체를 알아볼 수 없도록 요리한다. 나는 새를 먹지 않기 때문에 아내가 대신 '오늘의 퍼핀 디시'를 먹었다. 치킨류와 비교하면 상당히 야취野趣가 있달까, 독특한 맛이라고 한다. 느낌상으로는 참새 같은 것과 비슷할지도 모르겠다. 그래서 요리에 진한 소스를 쓴다. "굳이 다시 먹고 싶진 않네"라는 것이 아내의 소감이었습니다. 이 사람은 음식에 대해 유

달리 호기심이 강해서 뱀이든 개미든 이구아나든 메뉴에 있으면 일단 먹고 보는데, 거의 대부분 "다시 먹고 싶진 않네"라고 말한다. 그러나 이 지역 사람들은 "퍼핀, 비할 데가 없죠. 정말 맛있어요"라고 말할지도 모른다. 미각이란 원래 로컬한 것이니까.

7 스나이펠스네스 반도로

웨스트만 제도에서 레이캬비크로 돌아와서는 렌터카를 빌려 훨씬 북쪽에 있는 스나이펠스네스 반도로 향했다. 원래는 더 북쪽의 본격적인 피오르 지대에 가보고 싶었지만, 안타깝게도 그런 시간적 여유까지는 없어서 서해안 중부에 있는 이 반도를 돌아보기로 한 것이다.

마음 같아서는 튼튼한 사륜구동을 빌리고 싶었는데 전화로 물어보니 비용이 터무니없이 비싸서, 소심한 나는 곧바로 포기하고 "그럼 코롤라*로 주세요"라고 말해버렸다. 그런데 막상 렌터카 사무실에 가보니 더 작은 녹색 대우(한국) 차가 기다리고 있었다. 많은 사람이 이용해온 모양인지 서스펜션이 살짝 덜컥거

* 도요타 사의 대표적인 준중형 세단.

릴 정도였다. 앞유리창에는 돌이 튀었는지 가는 금도 가 있었다. 그러나 "이것밖에 없다"고 해서 어쩔 수 없이 그 차를 쓰기로 했다. 그래도 얼마간 익숙해지니 이 대우 차는 상당히 경쾌했고, 겉보기와 달리 승차감도 나쁘지 않았다. 비포장도로를 쌩쌩 달려 사흘 반나절 동안 약 1000킬로미터를 주행하며 무사히 레이캬비크로 돌아왔다. 그래도 그렇게 거친 도로를 1000킬로미터나 달렸으니 서스펜션은 상당히(처음보다도) 엉망이 되었을 게 틀림없었다. 에어필터는 막히기 일보직전일 테고, 차체에 부딪힌 돌도 2500개쯤은 됐을 것이다. 세상에는 '내가 하고 싶지는 않은 직업'이 꽤 많은데, '아이슬란드의 렌터카 회사 경영'도 틀림없이 한자리를 차지하리라.

레이캬비크를 벗어나면 도로에는 거의 사륜구동만 보인다. 미쓰비시 파제로와 도요타 랜드크루저가 압도적으로 많다. 특히 도로가 얼어붙는 겨울철에는 아무래도 이런 유의 헤비듀티카가 필요한 것이 현실이다. 도쿄 시내를 슬렁슬렁 달리는, 진흙 한 점 없이 번쩍이는 헤비듀티와는 용도부터 다르다. 그래도 내가 갔을 때는 다행히 아직 도로가 얼어붙을 정도는 아니어서, 커브 곳곳에 화려하게 미끄러지는 자국을 내긴 했지만 소형 이륜구동으로 그럭저럭 무사히 왕복할 수 있었다. 그나저나 비포장도로의 규정 속도가 80킬로미터라니 꽤나 와일드한 나라다. 80킬로미터로 밟는 것만 해도 상당한 용기가 필요한데, 대부분의 차가 그 이상의 말도 안 되는 속도로 달려서 툭하면 추월당하기 일쑤였다. 레이캬비크에서 만난 영국인 편집자 얘기로는 아이슬란드인 운전자의 절반쯤은 음주 상태고, 또 절반쯤은 운전중 휴대전화를 사용하며, 둘 다 한꺼번에 적용되는 사람도 꽤 많다고 한다. 정말인지 아닌지는 모르겠지만 정말일지도 모르겠다고 생각되는 국면도 적지 않았다.

렌터카로 아이슬란드를 여행하려는 사람에게 드리는 현실적인 조언 하나. 아이슬란드 시골에 가면 거의 모든 주유소가 무인 시스템이다. 직접 급유를 해야 하고, 신용카드로만 지불 가능한 기계가 많다. 그리고 그것들을 다루기가 엄청나게 힘들 수도 있다. 기계 시스템이 저마다 다르고, 영어 표기가 전혀 되어 있지 않은 경우도 있다. 사용법을 물어보고 싶어도 지나가는 사람이 거의 없다. 어쨌거나 한산한 나라니까. 그러니 여행을 떠나기 전에 기름 넣는 방법에 대해 조금이라도 예습해두는 편이 좋습니다. 안 그러면 자동차 탱크가 텅텅 빈 채 무인 주유소 펌프 앞에서 망연자실해 있는 처량한 신세가 될 수 있거든요. 나처럼. 참고로 아이슬란드 주유소의 휘발유는 매우 비싸다.

신용카드 얘기가 나와서 생각났는데, 아이슬란드만큼 신용카드를 자주 쓰는 나라도 어지간해서는 없지 싶다. 보아하니 편의

점에서 잡지 한 권과 껌을 사고도 신용카드로 계산한다. 나 같은 사람(혹은 보통 일본인)의 감각으로는 "그 정도는 간편하게 현금으로 내는 게 낫지 않나. 많아봐야 500엔 정도인데" 싶지만, 이 땅에는 그런 감각이 없는 듯 점원들도 당연하다는 듯이 생글생글 웃으며 카드를 받아든다. 그런 광경을 처음 접하면 상당히 놀랍다. 그러나 금방 익숙해져서 며칠 지나자 더는 신경쓰이지 않았다. 어쩌면 신용카드도 다른 동물들과 마찬가지로, 이 땅에 도입된 후 독립된 환경에서 특별한 진화의 길을 거쳤는지 모른다. 느긋한 풍토 때문일 테지요.

아이슬란드의 도로 상황은 빈말로도 좋은 편이라 할 수 없다. 물론 간선도로는 깔끔하게 포장되어 있지만 레이캬비크에서 멀어질수록 비포장 돌길이 많아진다. 날씨가 시시각각 바뀌고, 안개가 끼면 말 그대로 한 치 앞도 보이지 않는다. 아이슬란드에는 '날씨가 마음에 안 들어? 그럼 십오 분 기다려'라는 격언(격언 맞나)이 있는데, 그 정도로 날씨가 밥먹듯이 바뀐다. 게다가 주변을 방황하는 양들이 불쑥불쑥 나타나기도 하기 때문에 운전자는 긴장을 늦출 수 없다. 일단은 양의 수가 많고, 게다가 여름철에는 온 나라의 양이 방목 상태다. 그런 양들이 툭하면 도로를 가로지르는 것이다.

내가 읽은 책에 따르면, 아이슬란드에서는 양을 가족처럼 소중히 여기는 모양이다. 물론 결국 잡아먹히는 신세지만 살아 있는 동안은 그렇다는 겁니다. 그 책에 따르면 아이슬란드의 농부는 키우는 양들에게 일일이 이름을 붙이고, 예를 들면 '산시로(오른쪽 귀 검은색, 등에 구름 모양 반점), 게이코(하반신 검은색, 왼쪽 눈에 짙은 윤곽선)……' 하는 식으로 '양 장부' 같은 것을 써서 하나하나 구별할 수 있게 해둔다고 한다. 한 사람이 수백 마리씩 키우는 경우도 많으니 보통 작업이 아닐 텐데, 어쩌면 아이슬란드에는 고유의 아이슬란드 시간 같은 것이 있고 그 아이슬란드 시간 속에서는 양 300마리의 얼굴과 이름을 외우는 것도 그리 큰 수고가 아닐지 모른다. 이끼투성이의 광활한 아이슬란드 황야를 한가롭게 자동차로 달리다보면 '그런 인생도 나쁘진 않겠다'는 기분이 든다.

아이슬란드는 거의 전 국토에 이끼가 자라 있다. 이렇게 이끼가 많은 나라도 달리 없을 것이다. 일본의 이끼보다 색이 옅고 모양도 다르지만 어쨌거나 이끼다. 섬의 대부분을 이루는, 용암으로 형성된 울퉁불퉁한 황야가 짙푸른 이끼로 뒤덮여 있는 것이다. 어지간히 이끼가 자라기 쉬운 풍토인가보다. 이끼들은 그곳에 가만히 존재하면서 고대부터 이어져오는 북변의 침묵을 고스란히 빨아들이고 있는 듯하다. 또한 빙하가 많고 비가 자주 내려서 그런 이끼 광야 곳곳에 아름다운 계곡물이 흐르고, 그것이 또 여기저기에 역동적인 하얀 폭포를 만든다. 실로 신비로운 풍경이다. 그런 풍경은 아이슬란드가 아니면 볼 수 없을 것이다.

숲은 전혀라고 말해도 될 만큼 없다. 아이슬란드가 궁핍했던 시기에 사람들이 땔감으로 쓰려고 산림을 모조리 벌채해버렸기 때문이다. 본래 이곳에 자라 있던 수목의 99퍼센트가 사람들 손에 베여나갔다고 한다. 당시 사람들은 하루하루 버티는 것이 고작이라 나무를 심을 만한 여유가 없었다. 혹독한 환경에서 살아남는 것만으로도 벅찼던 것이다. 이대로는 안 된다며 여기저기서 식수를 시작했는데, 남쪽과 달리 수목의 성장이 더뎌 울창한 숲을 이루려면 아직도 한참의 시간을 기다려야 한다. 지금은 기껏해야 사람 키만한 나무밖에 없다. 그러나 비록 큰 나무가 없다 해도, 푸른 이끼에 뒤덮인 용암대지가 끝도 없이 펼쳐지고 곳곳에 자그마한 한랭지 꽃이 가련하게 피어 있는 풍경은 매우 아름답다. 그런 풍경 속에 홀로 서 있으면 이따금 불어오는 바람 소리, 혹은 아득한 시냇물 소리 말고는 아무것도 들리지 않는다. 오로지 깊은 내면의 고요가 존재할 뿐이다. 그럴 때 우리는 마치 머나먼 고대로 이끌려온 듯한 느낌이 든다. 이 섬에는 무인의 침묵이 더할 나위 없이 잘 어울린다. 아이슬란드 사람들은 이 섬에 유령이 가득하다고 말한다. 설령 그렇다 하더라도 무척 과묵한 유령들이리라.

아이슬란드의 이런 자연에는 인간이 멋대로 발을 들일 수 없다. 도로를 벗어나 어딘가로 가려면 대부분 다른 사람들이 만들어놓은 길을 찾아서 조심스럽게 따라가야 한다. 마음대로 성큼성큼 광야에 들어갔다가는 이끼나 야생식물이 짓밟혀 죽어버리고, 그것들이 원래대로 재생하기까지 어마어마하게 긴 시간이 걸리기 때문이다. 다들 앞사람이 내놓은 길을 따라 조용히 자연 속으로 들어간다. 쓰레기를 버리는 사람도 없다. 아이슬란드 사람들은 이렇듯 식물을 매우 소중히 여긴다. 어느 레스토랑이든 테이블에 자그마한 꽃이 꽂혀 있는데, 잘 보면 모두 인공적으로 만든 조화다. 그것도 장미나 카네이션 같은 화려한 꽃이 아니라 매우 평범한, 이름도 모를 고산식물의 이미테이션이다. 그렇게 수수한 조화를 만드는 나라는 세상이 아무리 넓다 해도 아마 아이슬란드뿐이지 않을까. 이것도 익숙해지면 제법 괜찮고, 식물이 귀한 나라에서 자연의 아름다움을 최대한 즐기고자 하는 사람들의 마음이 느껴진다. 보통 다른 나라의 레스토랑에 들어가서 테이블 위 꽃병에 꽂아둔 조화를 보면 "뭐야, 이미테이션이야?"라며 실망하겠지만, 아이슬란드에서는 오히려 조화의 씩씩함이 마음에 남았다.

스나이펠스네스 반도는 서쪽으로 돌출된 100킬로미터 길이의 가늘고 긴 반도로, 끄트머리에 스나이펠스네스 화산이 있다. 이 화산은 멋진 빙하로 뒤덮여 있는데, 쥘 베른은 해발 1400미터의 화산 분화구가 수수께끼의 땅속 세계로 들어가는 입구라는 설정으로 『지구 속 여행』을 썼다. 물론 실제로는 그렇지 않아도 산기슭에 서서 이 신비로운 산을 올려다보면—시간이 없어서 등반은 못했지만—신기하게 그런 황당무계한 이야기가 제법 진짜처럼 여겨진다. 그러나 스나이펠스네스 반도는 악천후로 유명해서 스나이펠스네스 화산을 꼭대기까지 선명하게 전망하기란 대단히 어렵다. 화창하게 맑은 날에야 꼭대기와 새하얀 빙하를 볼 수 있는데, 이 지역에 화창한 날이란 거의 없다고 말해도 좋을 정도다. 안타깝지만 나 역시 그 전모를 눈에 담을 수는 없었다. 구름에 가려진 모습을 올려다보았을 뿐이다. 그러므로 이 악천후 지역을 방문하는 관광객은 비옷과 방수신발, 모자와 목도리 등을 준비할 필요가 있다. 바람이 강해서 우산은 거의 쓸모가 없다. 무조건 젖어도 되는 천으로 몸을 감싸야 한다.

스나이펠스네스 반도에서 가장 큰 번화가는 스티키스홀뮈르라는 곳인데, 이곳 인구도 1216명에 불과하니 나머지는 안 봐도 짐작이 된다. 하여간 한산한 동네다. 매점들이 모조리 철수한 늦여름 바닷가를 상상한다면 비슷한 분위기일 것이다. 앞서 말했듯이 9월이 되면 관광 시즌이 끝나므로 어느 호텔에 가도 투숙객이 달랑 우리뿐이거나 혹은 한 팀쯤 더 있는 정도다. 레스토랑도 대부분 문을 닫는다. "대체 어디서 밥을 먹으라는 거야"라는 말이 절로 나오겠지만, 걱정할 것 없다. 장담하건대 어느 동네에 가든 피자집이 있다. 인구 200명 정도밖에 안 되는 작은 마을에서 장사가 될까 싶은데 어디서든 피자집들은 놀라울 정도로 호황이다. 아이슬란드 사람들은 피자를 어지간히 좋아하나보다. 그래서 우리도 하는 수 없이(달리 선택지도 없고) 저녁으로 피자를 자주 먹었다. 맥주와 아이슬란드 피자. 맛은 그럭저럭 나쁘지 않았다.

스나이펠스네스 반도의 날씨는 정말이지 너무하지만, 그 풍경은 우리를 실망시키지 않는다. 널리 알려진 관광명소가 딱히 없고, 따라서 방문하는 여행객도 그리 많지 않아 더없이 소박하고 바가지 씌우기도 없다. 남쪽에는 비교적 평탄한 해안선이 펼쳐지고 바닷새가 많아서 조류 관찰에 적합하다. 북부 연안에는 숨이 멎을 만큼 아름다운 피오르가 몇 군데 있다. 아주 먼 옛날 빙하에 깎여나간 낭떠러지, 고즈넉하고 조용한 후미, 빨간 지붕의 작은 교회, 끝없이 펼쳐지는 푸른 이끼, 낮고 빠르게 흘러가는 선명한 구름, 불가사의한 모양의 과묵한 산들, 바람결에 나긋나긋 흔들리는 풀잎, 구두점을 찍듯이 제각기 흩어져 있는 양들, 불에 탄 폐허(왜 그런지 불타서 허물어진 집이 많다), 겨울을 대비해 단단히 묶어둔 건초 다발. 그런 풍경들은 사진에 담기조차 꺼려진다. 그곳의 아름다움은 사진의 프레임에 도저히 담을 수 없는 종류의 것이기 때문이다. 우리 앞에 펼쳐진 풍경은 그 너른 대지와, 거의 영원에 가닿을 듯한 정적과, 깊은 바다 내음과, 거칠 것 없는 지표면을 휩쓰는 바람과, 그곳에 흐르는 독특한 시간성이 한데 '어우러져' 이루어진 것이다. 그곳의 빛깔은 고대부터 줄곧 비바람을 맞아오면서 완성된 것이다. 그것은 또한 날씨의 변화나 조수 간만, 태양의 이동에 따라 시시각각 변한다. 카메라 렌즈로 도려내버리면, 혹은 과학적인 색채의 조합으로 번역해버리면 지금 눈앞에 있는 것과 전혀 다른 것이 되리라. 그곳에 있던 마음 같은 것이 거의 사라져버리리라. 그러므로 우리는 그것을 최대한 오래 제 눈으로 바라보고, 뇌리 깊숙이 새기는 수밖에 없다. 그리고 덧없는 기억의 서랍에 담아 직접 어딘가로 옮길 수밖에 없는 것이다.

8 온천 천지

아이슬란드는 온 나라에 온천이 나온다. 정말이지 온천 수증기를 국기 마크로 써도 되지 않을까 싶을 만큼 온천이 많다. 차를 타고 달리다보면 하얀 수증기가 모락모락 피어오르는 작은 시냇물이 곧잘 눈에 띈다. 자연적으로 샘솟은 온천이 그대로 물줄기에 섞여 흘러가는 것이다. 일본인의 눈으로는 '아이고, 아까워라. 저 귀한 온천을' 하는 생각이 드는데, 사방이 온천 천지인 아이슬란드에서는 아무도 신경쓰지 않는다. 차를 세우고 물에 손을 담가보니 깜짝 놀랄 정도로 뜨거웠다. 마음 같아서는 옷을 벗고 들어가 한숨 돌리고 싶지만 도로변에서 그럴 수도 없는 노릇이다.

아이슬란드 사람들은 그 온천들을 이용해 지열발전과 겨울철 급탕 난방을 한다. 온실재배에도 사용한다. 수온이 매우 높아서(어떤 곳은 100도에 달한다) 파이프라인으로 50킬로미터 떨어진 도시까지 옮겨가도 온도가 별로 떨어지지 않는다. 이따금 도로변에서 그 파이프라인이 눈에 띄곤 했다. 덕분에 아무리 변변찮은 호텔에 묵어도 방이 후끈후끈하고, 샤워기에서는 뜨거운 물이 펑펑 쏟아졌다. 대단히 고마운 일이다. 또한 지열발전으로 아이슬란드는 더없이 깨끗하고 저렴한 에너지를 얻고 있다. 자국민들끼리 쓰고 남아서 전력 수출까지 고려할 정도다.

그리고 온천수를 이용한 온실재배 덕분에 토마토나 오이가 풍부하게 유통된다. 원래는 채소 키우기를 꿈도 못 꿀 한랭지이니, 이것만 봐도 온천은 사람들에게 커다란 도움이 되고 있다. 나는 먹어보지 않았지만 아이슬란드산 바나나도 꽤 맛있다고 한다. 게다가 아이슬란드의 웬만한 마을에는(혹은 별로 웬만하지 않은 마을이라도) 큼지막한 온수 수영장이 있다. 물론 온천을 이용한 시설이다. 수영을 좋아하는 나로서는 여간 고마운 일이 아니었다. 온통 좋은 것투성이다.

물론 안 좋은 면도 있으니, 화산 분화와 지진이 그렇다. 일본과 마찬가지다. 온천이 있는 곳에는 아무래도 이 두 가지가 따라붙기 마련이다. "일본과 달리 인구밀도가 낮아서 다행히 실질적인 피해는 그리 크지 않다"고 하는데, 그래도 역시나 때로는 사람들에게 막대한 피해를 입힌다. 앞서 말한, 퍼핀으로 유명한 헤이마에이 섬도 1973년 격렬한 화산 분화로 타격을 입었다. 항구 옆에 있는 엘드펠 산이 갑자기 분화해 마을 대부분을 용암으로 휩쓸어버린 것이다. 이때 분출된 용암이 만들어낸 3제곱킬로미터의 새로운 대지가 지금은 하이킹 코스가 되었는데, 이따금 용암 밑에 깔린 집들의 파편이 보인다. 아이슬란드 사람과 얘기하다 "미야케 섬 분들은 정말 안됐어요"라는 말이 나오기도 했다. 먼 나라 이야기지만 아마 미야케 섬 주민들의 처지가 절실히 와닿았으리라. 화산이 있는 나라에는 공통적인 멘탈리티 같은 게 존재하는 듯하다.

온천 중 가장 유명한 곳은 레이캬비크에서 차로 한 시간 정도 거리의 '블루 라군'인데, 이곳의 넓이는 정말이지 대단하다. 작은 호수쯤 되는 온천에 수영복을 입고 들어가는데, 말 그대로 눈길

호수만큼 넓은 온천

이 닿는 저 끝까지가 온천이다. 아이슬란드의 청명한 하늘 아래, 담청색 '수면'에서 모락모락 유유히 수증기가 피어오른다. 사실 이 온천은 근처 지열발전소에서 '배수'된 것이다. 용암 밑에 스며들어 열을 머금고 뜨거워진 바닷물로 발전을 하는데, 한번 사용한 바닷물을 '이대로 버리기 아까우니까' 온천으로 재활용하는 것이다. 자세히는 잘 모르지만, 뜨거운 물속에 있던 각종 유기물이 차가운 바깥공기에 흐물흐물해져서 독특하게도 걸쭉한 느낌의 온천수를 만들어낸다. 온도는 섭씨 37도, 염분은 2.5퍼센트, 매우 쾌적한 온천수다. 함유물이 미용에 좋다고 해서 매점에서 특제 화장품 같은 것도 판다. 수영도 할 수 있다. 마음먹고 자유형을 하기에는 약간 뜨겁지만, 얼굴을 내놓고 느긋하게 평형으로 헤엄치기에는 딱 좋다. 커다란 온천 폭포도 있어서 정수리에 세찬 온천수를 맞을 수도 있다. 폭포수를 맞으며 수행하는 방법이 있다지만 온천수를 맞는다는 얘기는 들어본 적이 없다. 그래도 한번 해보면 따뜻해서 무척 기분이 좋답니다. 별로 수행이 될 것 같진 않지만.

문제는 온천 안에 사람이 많다는 것. 내가 갔을 때 블루 라군은 한국에서 온 단체 관광객으로 가득했다. 주위에서 들려오는 소리가 거의 다 한국어였다. 다함께 온천에 몸을 담그고 매우 즐거워하는 모습이었다. 혹시 한국에는 온천이 없나? 그런 의문이들 정도로 마냥 신나 보였다. 입장료도 꽤 비싸다. 따지고 보면 결국 '공업용수'이니 좀더 저렴해도 될 듯한데, 이미 세계적인 관광지가 되어 레이캬비크에서 단체버스로 잇따라 사람들이 몰려오니 꽤나 배짱 경영을 한다. 나는 좀더 소박한 '길가 온천'이 마음에 들지만, 그래도 이 정도로 드넓은 온천을 직접 목격하니 역시나 말문이 막히는 면이 있었다. 얘깃거리 삼아 한 번쯤 가볼 만도 하다. 그나저나 정말 넓은걸.

9 오로라, 그밖에 이것저것

아이슬란드를 여행하며 깨달은 몇 가지.

물론 계절에 따라 다르겠지만, 아이슬란드는 벌레가 극단적으로 적다. 적어도 9월 초에는 벌레를 거의 볼 수 없었다. 딱 한 번, 호텔 욕실에서 작은 거미를 발견했다. 한없이 연약해 보이는 거미였다. 평소 같으면 욕실에서 거미 한 마리 발견한들 별일 아니겠지만, 이때는 왠지 모르게 반가웠다. "그래, 너도 힘내라"며 말을 건네고 싶어졌다. 아무튼 벌레를 질색하는 사람이라면 보르네오보다는 아이슬란드를 여행하는 편이 좋을 것 같다.

아이슬란드는 어디를 가나 그림 장식이 많다. 가정집이나 레이카비크의 고급 레스토랑은 물론이고 시골의 싸구려 호텔까지 벽에 그림이 빽빽하게 걸려 있다. 거의 빈틈이 없을 정도다. 수채화, 판화, 유화…… 전부 그 지역 예술가의 작품이고, 솔직히 "이거 대단한걸!" 하고 외치고 싶어지는 그림은 거의 찾아볼 수 없었다. 소박하다면 소박하고, 아마추어 같다면 아마추어 같고, 그 존재 의의를 심각하게 생각해보게 되는 작품도 적지 않았다. 그래도 그린 사람이 즐겁게 그리고, 벽에 거는 사람도 그 행위를 즐기고 있다는 것은 대체로 이해할 수 있었다. 어쨌거나 아이슬란드는 인구에 비해 화가가 많은 나라인 듯하다. 이 나라 사람들은 노래를 부르거나(사람이 모이면 금세 합창이 시작된다) 시와 소설을 쓰거나 붓을 드는 것이 이미 생활의 일부가 되어버린 듯하다. 모두 많든 적든 어떤 예술활동에 참여하고 있는 것이다. 수신적인 대량정보를 중심으로 움직이는 일본에서 온 나는 그런 발신적인 정보로 가득한 나라가 무척 신선해 보였고, 동시에 조금 신기하게 느껴지기도 했다.

아이슬란드 사람들은 말수가 매우 적다. 여행중 "어디서 왔어요?"라는 질문을 받은 적이 거의 없다. 먼저 물으면 친절하게 모자람 없이 가르쳐주지만, 상대가 적극적으로 질문하는 일은 거의 없다. 워낙 멘탈리티가 그런가보다.

실내외 청소는 구석구석 잘되어 있다. 전 세계의 많은 도시가 그렇듯 거리 여기저기 낙서가 보이지만, 마구 휘갈긴 것이 아니라 단정하게 예술적으로 해놓은 경우가 많다. 목재가 비싸서인지 건축에 합석을 많이 쓴다. 교회도 대부분 함석으로 지어졌다. 머리를 포니테일로 묶은 남자나 이어폰을 꽂고 걸어가는 사람은 한 번도 못 봤다. 이유는 모르겠다. 커피를 주문하면 거의 예외 없이 초콜릿이 곁들여 나온다. 그리고 뉴욕 양키스 모자를 쓴 사람이 많았다. 텔레비전에서 야구중계를 하는 것도 아니던데, 이유가 뭘까?

밤 열시경 레이캬비크 거리를 걷다가 선명한 초록빛 오로라를 보았다. 설마하니 도시 한복판에서 오로라를 볼 일은 없을 거라 여겼기에 그때는 매우 놀랐다. 카메라가 없어서 오랫동안 그저 망연히, 하늘에 떠 있는 거대한 초록빛 리본을 올려다보았다. 오로라는 또렷했고 시시각각 형태를 바꾸었다. 아름다웠지만, 단순히 아름답다기보다 어쩐지 무언가 영적인 의미를 품고 있는 듯 보였다. 이끼와 침묵과 정령으로 가득한 이 신비로운 북쪽 섬의 영혼을 눈으로 보는 듯한 기분까지 들었다.

오로라는 이윽고 말이 꼬여서 의미를 잃어가듯이 서서히 옅어지더니 이내 어둠 속으로 빨려들듯 사라졌다. 나는 그것이 모두 사라질 때까지 바라보고는 따뜻한 호텔방으로 돌아가서, 꿈도 없는 깊은 잠에 들었다.

〔덧붙이며〕

내가 다녀오고 몇 년 후(2008년) 아이슬란드는 심각한 경제위기를 맞았습니다. 화폐가치가 급락하고 사람들의 생활도 힘들어졌죠. 그러나 그후 상황이 개선되어 지금은 상당히 나아진 듯합니다.

맛있는 것을 먹고 싶다

오리건 주 포틀랜드
메인 주 포틀랜드

P O R T L A N D

미국 동서 해안에 자리한, 이름이 같은 두 도시를 방문하는 여행에 나섰다. 하나는 서쪽의 오리건 주 포틀랜드, 또하나는 동쪽의 메인 주 포틀랜드다. 두 도시 다 이름에서 알 수 있듯이 역사가 오랜 항구도시이며, 항구도시 특유의 풍경과 분위기가 있다. 규모가 크지도 작지도 않고 딱 좋은 정도라 거리를 걷다보면 대도시와 다른 온화한 친밀감을 곳곳에서 느낄 수 있다.

그런데 그밖에도 이 두 도시가 공유하는 요소가 있다. 바로 수준 높은 레스토랑이 많다는 것이다. 이 두 도시는 선진적이고 뛰어난 요리를 제공한다는 이유로 최근 들어 업계의 주목도가 급속도로 높아지고 있다. 뉴욕의 한 유명 레스토랑 오너 셰프는 〈뉴욕타임스〉 인터뷰에서 "지금 가장 주목하는 것은 동서 포틀랜드의 레스토랑 동향입니다"라고 단언했다.

무엇이 그 두 곳의—실례지만 사실 문화적인 첨단과는 상당히 동떨어진 위치에 있는—평범한 지방도시를 전국적으로 주목받는 '미식 도시'로 끌어올린 것일까? 우선 그것이 알고 싶었다. 그러나 그뿐만은 아니다. 수많은 고급 레스토랑이 유지되려면 당연히 그 시장을 지탱하는 고객층이 존재해야 한다. 그런 이들을 어떻게 이 도시들로 끌어들일 수 있었을까? 이것도 흥미로운 점 중 하나다. 먼저 서쪽 포틀랜드부터 찾아가보자.

1 오리건 주 포틀랜드

오리건 주 포틀랜드의 역사는 동명의 동쪽 도시에 비해 상당히 짧은 편이다. 1851년에는 인구가 겨우 821명에 불과했다. 도시라고 부르기도 뭣할 정도다. 그러나 깊은 수심과 내륙에 자연스럽게 생긴 양항良港이라는 이점 덕분에 임업과 어업을 중심으로 착실히 발전해왔다. 또한 인구밀도가 높은 캘리포니아 주 도시들에 농산물을 공급하는 요충지 역할을 하게 되었다.

그러나 포틀랜드가 독자적인 문화를 만들고 또 펼치게 된 것은 비교적 최근 들어서다. 굳이 대도시에 터전을 둘 필요가 없는 컴퓨터 관련 하이테크 산업이나 스포츠 산업의 발전(외곽에 거대한 나이키 본사 건물이 있다)이 이 도시에 새로운 활기를 불어넣었고, 고도의 전문교육을 받고 여유로운 수입에 의식 수준이 높은 젊은 세대가 이 지역을 선호하여 이주해왔다. 포틀랜드는 매년 '젊은 세대가 살고 싶어하는 도시' 상위 순위를 차지한다. 그런 이들은 퀄리티는 높지만 지나치게 화려하지는 않은 생활환경을 원하며, 외식은 그들의 라이프스타일에서 중요한 부분을 차지한다. 주민들의 그런 요구에 부응해 의욕 넘치는 신세대 셰프들이 이 도시로 모여들어 잇따라 레스토랑을 새로 열면서 솜씨를 겨루게 된 것이다.

포틀랜드의 고급 레스토랑에 가보면 가장 먼저 싱싱하고 질 좋은 식재료가 눈에 들어온다. 이것만은 뉴욕이나 로스앤젤레스의 레스토랑들이 흉내낼 수 없는 점이리라. 요리에 사용되는 채소와 고기, 생선 대부분이 근처에서 수확한 신선한 재료들이다. 그러나 그냥 신선한 데서 그치지 않는다. 레스토랑 경영자와 셰프가 직접 눈으로 식재료를 하나하나 음미한다. 많은 이가 농가나 목장과 계약을 맺고 유기농법으로 생산한 식재료만 사용하려 노력한다. 그렇게 섬세한 관리가 가능하다는 것이 뭐니뭐니해도 이 지역만의 강점이다.

이들이 내놓는 요리의 특징 하나는 기본적으로 조리 과정이

프랑스 노르망디 출신 셰프가 만든 '히스먼 레스토랑'의 요리

복잡하지 않다는 점이다. 재료 본래의 맛을 해치지 않도록 세심한 주의를 기울인다. 재료가 이미 갖고 있는 자연적인 힘을 조금 거드는 정도로만 요리를 하는 것이다. 예전 미국 요리에서 느끼던, 여봐란듯 자극적이고 강한 양념은 찾아볼 수 없다. 그러므로 비교적 담백한 맛을 선호하는 일본인 여행자에게도 환영받을 것이다. 사실 이들 신세대 셰프의 요리에서는 일식의 영향이 뚜렷하게 보인다. 물론 이 레스토랑들 사이의 경쟁은 엄청나게 치열하다. 해마다 수많은 레스토랑이 이 도시에 생겨났다가 사라진다. 의식 수준이 높은(바꿔 말해 그만큼 요구 수준이 높은) 고객을 끌어들이고 또 붙잡아두려면 셰프들에게 고도의 독창성과 치밀한 연구가 요구된다. 그리고 나날이 의욕적으로 실력을 갈고닦아야 한다.

포틀랜드에서 개인적으로 마음에 들었던 곳은 다운타운에 있는 히스먼 호텔 레스토랑이다. 친분이 있는 작가 폴 서루가 추천해주었다. 폴은 여행작가라 이곳저곳의 지역 사정에 밝은데, "이봐, 하루키, 포틀랜드에 가면 이 식당에는 꼭 들러야 해"라며 강하게 주장했다. 그리고 그 말은 실로 옳았다. 신선한 재료, 풍부한 상상력, 일관성 있는 메뉴 구성, 전통 있는 식당에 걸맞은 깊은 맛, 충실한 서비스, 어느 면을 보나 최고급 수준의 레스토랑이었다. 그러면서도 전혀 거드름이 느껴지지 않는다. 오너 셰프

필립 볼러트 씨는 프랑스 노르망디 출신인데 세계 각지의 일류 레스토랑을 거쳐 십삼 년 전에 포틀랜드로 왔다고 한다. 그리고 신선하고 풍부한 재료와 지역 특유의 자유로운 기풍에 반해 정착하게 되었다. 그는 "내가 막 이곳에 왔을 무렵에는 레스토랑 수준이 말도 안 되게 낮았어요"라고 말한다. 이 레스토랑이 포틀랜드의 '미식 혁명'에 하나의 견인차 역할을 했음은 부정할 수 없을 것이다.

"지금은 이게 가장 제철"이라며 그가 추천해준 것은 일 년 중 불과 몇 주 동안만 수확된다는 지역 명산물 '후드 스트로베리'('오리건의 후지 산'이라 불리는 후드 산에서 딴 딸기다). 이것을 사용한 샐러드와 디저트가 메뉴판에 몇 개씩 실려 있길래 그중 몇 종류를 한번 맛보았다. 혀 깊숙이 진한 맛이 촉촉하게 번져나가는 맛좋은 딸기다. 이렇듯 이곳은 요리에 제철 재료를 풍부하게 사용하기 때문에 메뉴가 날마다 완전히 바뀐다(이 도시 레스토랑들은 대부분 고정 메뉴가 아니라 그날그날 라인업을 제공한다). "가을에는 송이버섯을 아낌없이 씁니다"라고 필립 씨는 말한다. 일본인인 나는 송이버섯으로 만든 요리에 대해 하나하나 설명을 듣는 것만으로도 절로 침이 고일 지경이다. 그리고 서비스로 내준 메추라기 요리도 일품이었다. 사실 나는 메추라기를 잘 못 먹기 때문에 살짝 맛만 보고 말 생각이었는데, 결국은 깨끗이 먹어치우고 말았다. 내친

김에 털어놓자면 딸기도 별로 안 좋아하는데, 그랬는데……

그밖에 또 감탄한 곳은 외곽에 있는 필버트라는 레스토랑. 작년에 새로 생긴 식당이다. 메인으로 제철 채소 리소토를 시켜보았는데, 더없이 간결하면서도 정성이 가득한 요리였다. 인간에 비유하자면 말수는 적지만 요령을 터득한 사람 같다. 전채로는 홍합 뫼니에르를 추천한다. 나는 홍합보다 굴을 좋아하는 편이지만, '스위트 토튼 인렛 머슬'이라는 이름의, 이 지역에서 잡히는 신선한 조개는 나도 모르게 입꼬리가 슬며시 올라갈 만큼 맛있었다. 녹아들 것처럼 부드럽고, 일단 양이 많다. 셋이서도 다 못 먹을 정도다. 게다가 가격도 정말 거짓말처럼 저렴하다. 이 가게가 자랑하는 클럽 케이크도 한 번쯤 먹어볼 가치가 있지 싶다.

포틀랜드에는 또한 와인이 풍부하다. 유명한 나파 와인에 비해 오리건 와인은 일본에서 아직 그리 높은 평가를 못 받는 것 같지만, 이곳에서 생산되는 피노 누아르는 최고급이라고 단언할 수 있다. 와인을 좋아하는 사람이라면 시내에서 자동차로 한 시간쯤 걸리는 윌래밋 밸리에서 와이너리 투어를 해봐도 좋겠다. 다양한 와인을 시음하며 만족스러운 하루를 보낼 수 있을 것이다. 내 경우는 포틀랜드에 사는 지인이 차로 안내해준 덕분에 아주 유쾌한 한나절을 보냈다. 풍경도 아름답고, 사람들은 여유로워 보였다. 고맙게도 나파처럼 관광객으로 북적거리지도 않는다.

개성 있는 중고레코드 가게

와인 애호가뿐 아니라 맥주를 좋아하는 사람에게도 오리건은 상당히 매력적인 도시다. 수많은 소규모 브루어리가 흡사 일본의 토속주 시장처럼 이 작은 도시에서 패권을 다투고 있다. 비어홀에 들어서면 각 지역 맥주 로고가 붙은 탭(생맥주를 따르는 손잡이 비슷한 것)이 죽 늘어서 있다. 자, 어느 것부터 마셔볼까, 고민의 시간이다.

그리고 (특히) 반가웠던 것은 이 도시의 개성 있는 서점과 중고레코드 가게들이었다. 포틀랜드에는 뛰어난 교육시설이 몇 군데 있고 학생 수도 많기 때문이다. 만약 당신이 책을 좋아한다면 미국 최고의 규모를 자랑하는 독립형 서점 '파월'에서 천국에 온 기분으로 한나절을 보낼 수 있을 것이다. 안에서 길을 잃을 정도로 드넓은 서점에 고서와 신간이 어깨를 나란히 하고 서가 빽빽이 꽂혀 있다. 나는 이곳에서 흥미로운 책 몇 권을 발견하고 샀는데, 계산대로 들고 가자 직원이 "오, 무라카미 씨 아닙니까"라며 알아보는 바람에 이래저래 오십 권이 넘는 책에 사인을 해야 했다. 그래도 직원 모두 책을 무척 좋아하는 사람들이라 나도 그곳에서 즐거운 한때를 보낼 수 있었다. 중고레코드 가게에서는 희귀한 레코드를 한아름 샀고 말이다.

포틀랜드에서 조금 멀긴 하지만, 외곽으로 나가면 나이키 본

사가 있다. 미리 부탁하고 견학해보았다. 녹음이 우거진 광대한 부지에 청결한 건물이 띄엄띄엄 서 있는 것이, 풍경만 보면 기업이 아니라 거의 대학교에 가깝다. 실제로 사람들은 그곳을 '캠퍼스'라고 부른다(나이키의 모든 직원이 자기 회사를 '캠퍼스'라고 부르는 모습을 보니 조금 이상한 기분도 들었지만).

'캠퍼스'에는 (당연한 얘기겠으나) 스포츠 시설이 충실하게 갖춰져 있다. 커다란 농구 코트부터 헬스장, 수영장까지. 직원은 원할 때 원하는 만큼 그 시설들을 이용할 수 있다. 부럽다. 넓고 푸르른 부지를 도는 조깅 코스도 완비되어 있다. 특별히 그 코스를 달려볼 수 있도록 허락을 받았다. 한 바퀴가 1.5킬로미터쯤 되는데, 톱밥이 탄탄하게 깔려 있어서 발 디디기가 매우 편하다. 코스는 숲을 빠져나가 언덕을 넘어 풍요로운 자연 속으로 이어진다. 공기도 맑다. 일단 두 바퀴를 돌아보았는데, 그대로 계속 달리고만 싶었다. 중간에 400미터짜리 트랙도 있어서 스피드 연습도 할 수 있다. 정말 완벽하기 그지없는 시설이다. '세계에서 가장 멋진 조깅 코스'라고 단언해도 될 듯한 느낌이다.

포틀랜드 시내로 돌아가자.

"포틀랜드는 미국에서 인구당 레스토랑 수가 가장 많은 도시예요"라고 이곳 사람은 말한다. "또 인구당 독서량이 가장 많고,

그리고 큰 소리로 말할 순 없지만, 교회에 나가는 사람이 가장 적은 도시죠. 하하하."

어떤가? 당신은 이 도시가 마음에 들 것 같은가? (큰 소리로 말할 순 없을지 몰라도) 나는 마음에 쏙 들었다. 하지만 그렇게 레스토랑만 드나들다가는 뚱뚱해지지 않을까? 괜찮습니다. 걱정 마세요. 도시 한복판을 가로지르는 윌래밋 강변에 무척 아름다운 조깅 코스가 마련되어 있답니다.

2 메인 주 포틀랜드

비행기를 타고 북미 대륙을 가로질러 서해안의 포틀랜드에서 동해안의 포틀랜드로 이동한다. 같은 나라지만 세 시간의 시차가 나고, 두 도시의 역사와 성립과정은 더더욱 큰 차이가 난다. 메인 주 포틀랜드가 영국인들에게 '발견'된 것은 1600년 전후였다. 딱 셰익스피어가 활약하던 시기에 해당한다. 일본으로 치면 세키가하라 전투* 무렵.

---

* 도요토미 히데요시의 죽음 이후 도쿠가와 이에야스와 이시다 미쓰나리가 패권을 다툰 전투.

메인 주 포틀랜드에서도 중고레코드 가게 순례.
우연히 찾아낸 희귀 음반 〈Somethin' Else〉(캐넌볼 애덜리)를 들고

온화한 해양성기후의 혜택을 받은 오리건과 달리 메인은 개척자들이 수월하게 생활 터전을 일굴 만한, 살기 적합한 지역이 못되었다. 빙하로 황폐해진 토지는 농경에 적합하지 않았고 겨울철의 기후는 상상을 초월하게 혹독해서, 사람들은 한동안 기아의 위협과 등을 맞대고 살아가야 했다. 거친 원주민들이 곧잘 개척지를 공격했으며, 캐나다 국경과 가까워 프랑스와의 전쟁에서 피비린내 나는 최전선이 되었다. 이곳으로 이주한 사람들은 주로 스코틀랜드계 아일랜드인이었다. 사회적으로 차별받는 입장이던 그들은 자작농이 되겠다는 꿈을 안고 미대륙으로 건너왔지만, 결과적으로 본토에서보다 더 힘든 생활에 직면하게 되었다. 그래도 우는소리는 하지 않았다. 이렇듯 척박한 토지와 역사는 자립적이고 인내심 강하며 어찌 보면 고집스러운 기질의 주민을 키워냈다. 지금도 메인 주 사람들은 (상당히 부드럽게 표현해서) '조금 유별난' 것으로 유명하다. '한 성깔 한다'고 바꿔 말해도 될 것이다.

그러나 이렇게 오랜 세월 동안 독자적인 풍토와 기질을 완고하게 고수해온 메인 주도 요즘 들어 큰 변화를 맞고 있다. 최근 이십 년 정도 사이 미국 경제의 중심이 제조업에서 지적 서비스업으로 눈에 띄게 옮겨갔고, 그에 따라 사람들의 라이프스타일도 바뀌었다. 특히 젊은 세대는 보다 자유롭고 건강한 생활환경을 원했다. 그래서 보스턴에 사는 유복한 가족의 여름 피서지에 지나지 않던 메인 주가 그들이 안주할 땅으로 떠오른 것이다. 비교적 생활비가 싸고, 넓은 집을 손쉽게 구할 수 있으며, 범죄율이 낮고, 테러 걱정도 없고(이것은 특히 2001년 동시다발 테러 사건 이후 큰 장점이 되었다), 안심하고 아이들을 키울 수 있고, 공기가 맑고, 식재료도 신선하다. 그리고 이 새로운 주민들을 대상으로 하는 의욕적인 레스토랑이 포틀랜드 다운타운에 하나둘 생겨났다. 이런 경위는 서쪽 포틀랜드와 매우 비슷하다.

레스토랑에 가보면 일단 젊은 연령층의 손님들과 떠들썩하고 활달한 분위기에 놀란다. 남녀 수가 거의 같고, 모두 백인이다. 그들이 이 지역에서 여유로운 생활을 즐기고 있다는 것이 한눈에 들어온다. 서비스는 모자람이 없지만, 대도시 고급 레스토랑 같은 과민하고 신경질적인 구석은 느낄 수 없고 무척 친근하고 캐주얼하다. 오리건과 달리 메인 주 포틀랜드에서는 와인이 생산되지 않는데, 대신 해산물이 놀랍도록 풍부하다. 그중에서도 최고를 꼽자면 역시 랍스터. 갓 잡아올린 신선한 랍스터를 맛보지 않고 메인 주를 떠날 수는 없다—고까지는 할 수 없지만, 그래도 이왕 여기까지 왔으니 랍스터는 한번 언급하고 넘어가고 싶다. 세계적으로 보면 어획량이 점점 감소하는 추세지만 메인 주의 랍스터 수확은 현재 매우 안정되어 있다고 한다. 그러니 안

심하고 배불리 드세요. 항구에 가면 살아 있는 랍스터를 사올 수도 있답니다.

포틀랜드 시내에는 레스토랑이 아주 많고 평균점도 높아서 어디를 추천해야 할지 망설여지는데, 일단 내가 개인적으로 추천하는 곳은 다운타운 포어 스트리트에 있는 '포어 스트리트'라는 레스토랑이다. 다만 미리 주소를 꼼꼼하게 봐두지 않으면 여간해서는 찾기 힘들다. 간판도 걸어놓지 않아서 겉만 봐서는 레스토랑인지도 알아보기 어렵다. 원래 창고였던 곳을 개조한 식당인데, 솔직히 말해 지금도 창고로밖에 보이지 않는다. 문을 열고 주뼛주뼛 안을 들여다보고 나서야 "아하, 여기였구나" 하게 된다. 나름 공들인 연출이다. 그러나 자리에 앉아 메뉴판을 들면 이곳이 뻔하지 않은 요리를 제공하는 젊고 수준 높은 레스토랑임을 바로 감지할 수 있다. 나오는 요리도 기대를 확실하게 충족시켜준다. 성의껏 선택한 재료에 군더더기 없는 양념, 가니시에도 신경쓴 티가 엿보인다. 질 좋은 평상복 같은 요리다. 와인도 추천한다. 나는 전채로 와일드 머시룸 오레키에테(10달러)를 먹고 메인으로 해산물 스튜(16달러)를 주문했다. '이렇게 저렴해도 되나' 싶어 저도 모르게 고개를 갸웃거리게 되는 금액이다. 이 가게가 도쿄에 있다면 하루가 멀다 하고 다닐 텐데.

또하나 추천하는 곳은 '스트리트 앤드 컴퍼니'. 예전에 왔을 때 개조한 창고들이 모여 있는 거리에서 발견했다. 만약 당신이 포틀랜드까지 왔는데 외식할 기회가 딱 한 번밖에 없는 상황이라면, 나는 이곳을 추천할 것이다. '포어 스트리트'보다 훨씬 캐주얼하고 북적거리는 가게지만 요리의 수준은 높다. 여기서는 보통 신선한 해산물 구이를 주문한다. 그리고 메인 주 랍스터 구이에 링귀네를 곁들여 먹으면 양도 적지 않아서 가격 대비 만족도가 높다. 나는 여기서 식사를 하면 '아, 즐거운 식사란 이런 거구나'라고 고개를 끄덕이게 된다. 격식 차린 식사는 피곤하니까 말이죠. 다만 상당히 떠들썩하므로 연인과 다정한(혹은 미묘한) 대화를 나누기는 적합하지 않을지도 모르겠다. 친구 여러 명과 담소를 즐기기에 좋은 곳이다. 늘 만석이니 예약은 필수.

좀더 고상한 분위기에서 금슬 좋은(혹은 더욱 금슬이 좋아지길 바라는) 부인과 함께 차분하게 요리를 즐기고 싶으신 분에게는 '휴고스'가 적합하겠다. 소위 '누벨퀴진*'인데, 요리에서 정성이 느껴지고 겉보기도 아름답다. 네 가지 코스 정식(프리픽스)만 있고, 각 코스를 제시된 몇 가지 메뉴 중에서 고르는 식이다. 캐주얼 시크를 지향하는 포틀랜드에서 이런 시스템의 레스토랑은 매우 드물다. 그만큼 맛에 자신이 있다는 얘기리라. 나는 채소를

* 1970년대에 프랑스 고전요리에 대한 반발로 등장한 요리법.

좋아해서 '메인산 유기농채소 튀김'과 '빨강과 노랑 비트 리소토'와 '잎새버섯 로스트' 등 모두 채식으로 주문했다. 채소로만 구성된 코스를 질리지 않게 만들기란 대단히 어려울 텐데, 오, 질리지 않았다. 리소토의 익힘 정도가 절묘하고, 비트 손질은 정성스럽고 멋스러웠다. 잎새버섯은 무척 신선해서 나이프가 기분 좋게 미끄러지듯 들어간다. 거기에 거품을 낸 트뤼프 소스를 뿌려놓았다.

모두 적당한 양에 양념도 진하지 않아서 뱃속으로 술술 들어간다. 금슬 좋은 부인께서도 틀림없이 만족하시지 않을까. 금슬이 더 좋아질지 어떨지는 모르겠지만. 가격은 한 사람에 70달러. 이 도시의 다른 식당들과 비교하면 조금 비싸지만, 실제로 먹어보면 충분히 납득하게 되는 금액이다. 와인 가격은 매우 합리적이다. 오너 셰프 로버트 에번스 씨가 프리픽스 디너를 시작한 지 육 년째, 아름답고 정중하게 일하는 이 식당은 포틀랜드에서 톱 레스토랑 지위를 고수하고 있다.

보스턴에 사는 동안 나는 이따금 차를 몰고 이 포틀랜드 시를 방문했는데, 그중 한 가지 목적은 가구 장인 마르고넬리 씨의 공방을 방문하기 위해서고, 또하나는 시내의 한 중고레코드 가게에서 오래된 재즈 레코드를 사들이기 위해서였다. 주인 밥 워츠

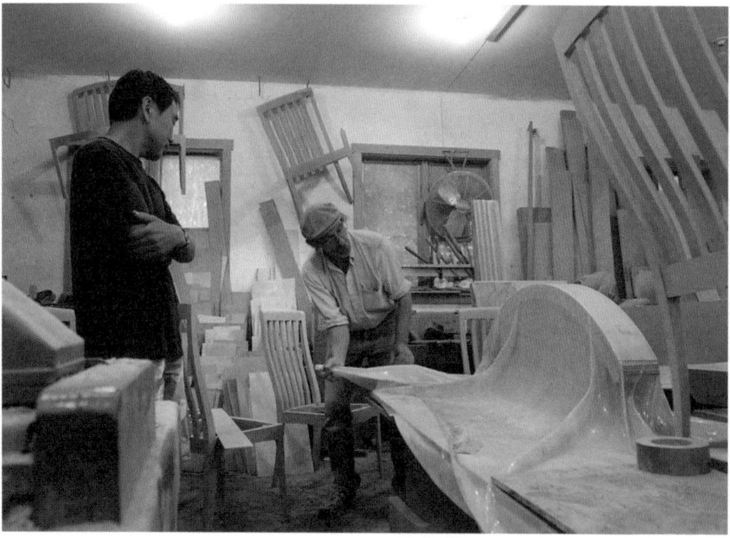

가구 장인 마르고넬리 씨의 공방

씨는 CD 따위는 절대 취급하지 않는 완고하고 깐깐한 LP 원리주의자라, 그런 면에서 나와 얘기가 잘 통했다. 이날도 이런저런 얘기를 나누다가 계획에도 없던 레코드를 잔뜩 사들이고 말았다. 캐넌볼 애덜리의 〈Somethin' Else〉(블루노트) 퍼스트 에디션 특A급 중고가 20달러. 어때요, 싸죠? 잘 모르겠다고요? LP 같은 건 이제 안 듣는다고요? 그렇군요, 실례했습니다.

마르고넬리 씨는 포틀랜드에서 차로 한 시간쯤 걸리는 산속에 혼자 살면서, 자택 공방에서 꾸준히 아름다운 가구를 만들고 있다. 메인 주는 질 좋은 목재를 얻을 수 있는 곳으로도 유명하다. 나는 이 사람에게 결이 고운 단풍나무로 만든 가구 몇 가지를 주문했다. 메인 주 사람답게 매우 고집스러운 성격이라 태도도 무뚝뚝하고 친해지기까지 시간이 좀 걸리지만, 그만큼 이 사람이 만드는 가구에서도 올곧은 성품이 엿보인다. 쓰면 쓸수록 애착이 가는 아름답고 훌륭한 가구다. 볼 때마다 반하고 만다.

이렇듯 메인 주 포틀랜드는 매우 멋진 곳이랍니다. 보스턴에서 운전해서 가도 시간이 꽤 걸리지만 그만한 가치는 있다. 메인 주는 스티븐 킹이 대부분의 소설에서 무대로 삼은 곳이기도 하지만, 개인적으로 딱히 무서운 일을 겪은 적은 아직 한 번도 없으니 안심하고 가셔도 좋습니다.

그리운
두 섬에서

미코노스 섬
스페체스 섬

MYKONOS/SPETSES

지금으로부터 이십사 년쯤 전, 나는 그리스의 섬에 살았다. 스페체스 섬과 미코노스 섬. '살았다'고는 해도 다 합해봐야 겨우 석 달 정도지만, 내게는 처음으로 '외국에서 생활한' 경험이었고, 매우 깊은 인상으로 남아 있다. 공책에 하루하루의 기록을 남겨 나중에 『먼 북소리』라는 여행기를 내기도 했다.

그후에도 몇 차례 그리스에 갈 일이 있었지만 그 섬들을 다시 찾지는 않았다. 그러니까 이번이 첫 '재방문'이다. '필그리미지(순례)'라는 영어 표현이 있다. 그렇게까지 말하면 조금 과장일지 모르지만, 말하자면 거의 사반세기 전의 내 발자취를 더듬어 가는 일이니 감회가 새롭다면 새로울 만하다. 특히 미코노스 섬은 소설 『노르웨이의 숲』을 집필하기 시작한 장소이기에 나름대로 애정 같은 것이 있다.

1986년 9월 로마에 도착해 초가을의 아름다운 빛 속에서 한 달 정도 보내고, 아테네로 향해 피레우스 항에서 배를 타고 스페체스 섬으로 건너갔다. 이탈리아에서 본격적인 생활을 시작하기 전에 그리스에서 몇 달을 보내고 싶었다. 10월 중순, 관광 시즌은 이미 끝났고 일에 지친 그리스 사람들이 호텔과 레스토랑, 기념품점 문을 닫을 준비를 시작할 무렵이다. 아무리 그리스라도 이 시기가 되면 제법 쌀쌀하고 날씨도 점점 나빠진다. 흐린 날이 잦고 찬바람이 불고 비도 자주 온다. 크루즈를 타고 여름 햇살이 쏟아지는 에게 해의 섬들을 방문해본 사람이라면, 가을이 깊어질수록 그곳이 얼마나 조용한 곳으로(어떤 때는 을씨년스럽기까지 한 곳으로) 변할 수 있는지 알면 놀랄 것이다.

어쩌자고 우리(란 나와 아내를 말한다)는 그리스의 섬에 살기로 해놓고 이렇듯 절대 매력적이라고는 할 수 없는 계절을 골랐는가? 일단 무엇보다 생활비가 적게 들기 때문이었다. 당시 우리에게는 물가와 임대료가 비싼 성수기에 그리스 섬에서 몇 달씩 생활할 만한 경제적 여유가 없었다. 또한 비수기의 섬은 비록 날씨는 안 좋지만 조용히 일에 몰두하기에 적합하다는 이유도 있었다. 여름철의 그리스는 조금 지나치다 싶을 정도로 소란스럽다. 당시 나는 일본에서 일하는 데 지쳐(글쎄, 한마디로 설명할 수 없는 여러 이유가 있었다), 외국에 나가 성가신 잡무를 피해서 조용히 일에만 집중하고 싶었다. 가능하다면 진득하게 엉덩이를 붙이고 앉아 긴 소설도 써보고 싶었다. 그래서 한동안 일본을 떠나 유럽에서 살기로 결심한 것이다.

1 미코노스 섬

이번에도 역시 '별로 신통치 않은' 비수기를 골라 섬을 방문하기로 했다. 대략 비슷한 계절에 방문하는 편이 예전과 비교해 무엇이 달라졌고 무엇이 달라지지 않았는지 알아보기 쉽겠지.

미코노스 섬까지는 독일에서 제트기 직항편이 다닌다. 이 사실이 일단 놀라웠다. 옛날에는 미코노스에 가려면 아테네에서 빈 정어리 통조림 캔처럼 덜컹거리는 프로펠러기를 타거나, 피레우스에서 느릿하게 흘러가는 페리를 타는 수밖에 없었다. 섬 활주로가 짧아서 제트기 이착륙이 도저히 불가능했기 때문이다. 그래서 조금이라도 바람이 거세지면 곧장 비행기가 결항되었다. 사흘씩 연달아 강풍이 불어대면(드문 일이 아니다) 발이 묶인 여행자들이 섬 안에 넘쳐났다. 그러나 이제는 긴 활주로가 생겨, 많은 관광객이 시간을 절약하며 발이 묶일 걱정 없이 유럽 각지에서 이 섬으로 직행할 수 있다. 물론 편리하지만 왠지 서운한 느낌도 없지 않다. 불편함은 여행을 귀찮게 만들지만, 동시에 일종의 기쁨—번거로움이 가져다주는 기쁨—도 품고 있다.

그런데 막상 현지에 도착해보니, 미코노스는 역시 미코노스였다. 드라크마화가 유로로 바뀌었어도, 프로펠러기가 제트기로 바뀌었어도, 인터넷 카페와 스타벅스가 여기저기 출몰해도, 그곳은 여전히 솜사탕처럼 하얀 건물들이 어깨를 나란히 하고 있고 골목길이 미로처럼 뒤얽힌 아름다운 해변 마을이었다. 몰라볼 수가 없는 바로 그 미코노스.

그래도 관광지로서 미코노스 섬은 확실히 업그레이드되어 있었다. 제트기가 취항하고 한동안 호경기가 이어진 덕분에 보다 많은 사람이 이곳을 찾게 된 듯, 호텔이 늘어나고 패셔너블한 가게도 많이 생겼다. 흡사 수위가 상승하듯 마을이 주위 언덕의 경사를 야금야금 기어오르며 확장해 전에는 아무것도 없던 들판에도 여기저기 새 건물이 들어서 있었다. 가게들이 하나둘 휴업에 들어가고 있었지만, 조금만 거리를 걸으면 '흐음, 여긴 그뒤로 확실하게 발전했는걸' 하고 한눈에 알아볼 수 있다.

그렇다 해도 섬의 살림은 예나 지금이나 변함이 없다. 관광—이것 하나 말고는 이렇다 할 자원도 산업도 없다. 사람들은 봄부터 여름에 이르는 관광 시즌에 바쁘게 일하고, 가을이 오면 가게를 닫고 휴식을 취한다. 혹은 벌어놓은 현금을 들고 고향의 가족에게로 돌아간다. 그리고 이듬해 부활절 휴일 무렵 다시 일을 시작한다. 해마다 그렇게 반복된다. 반년은 고생스레 일하고, 나머지 반년은 느긋하게 쉰다. 혹은 뭔가 다른 활동을 한다.

그래서 가을에서 겨울 사이 이곳을 찾는 사람들은 마치 무대 뒤처럼 썰렁한 미코노스를 보게 된다. 바람은 차갑고 강하며, 하늘은 거의 구름으로 뒤덮여 있다. 바다는 무언가에 화가 난 듯 하얀 잔파도를 일으킨다. 물론 수영도 할 수 없다. 건물들의 문은 닫혀 있고, 처마 끝에 매달린 유쾌한 간판만이 북적거리던 지난 성수기의 활기를 침묵 속에 내비친다. 그러나 그것도 그것대로 나쁘진 않다. 적어도 당신은 고요함을 누릴 수 있다.

우리가 전에 묵었던 '레지던스 미코노스'는 이제 장기체류 관광객을 대상으로 하는 렌트업을 접고 평범한 다가구주택이 되어 있었다. 바로 옆에 근사한 고급 리조트호텔이 생겨서 이번에는 그곳에 묵었다. 구석구석까지 신경쓴 모던한 호텔이다. 수영장도 있고, 방에는 월풀 욕조까지 딸려 있다. 조식 뷔페 메뉴도 알찼다. 상당히 돈을 들인 티가 난다. 예전의 미코노스에는 이렇게 리치하고 패셔너블한 숙박시설이 없었다.

'레지던스 미코노스'의 당시 관리인으로 나와 친하게 지냈

『노르웨이의 숲』을 쓰기 시작한 '레지던스 미코노스'

던 방겔리스는 보이지 않았다. 하긴 그때도 "이제 나이도 나이니까 하루빨리 은퇴해서 연금생활이나 하고 싶군" 하고 말하던 사람이니 아마 그만뒀겠지 예상은 했었다. 관리 일을 이어받은 할머니에게 "방겔리스는 어떻게 지냅니까?"라고 서툰 그리스어로 물어보니, "방겔리스는 오 년 전에 죽었어요"라는 것이다. 어쩌면 다시 만날 수 있지 않을까 기대했는데, 안타까웠다. 명복을 빈다. 방겔리스는 내가 우조(그리스의 독한 토속주)를 마시는 모습을 보면 눈썹을 찡그리며 "이봐, 하루키. 그런 걸 마시면 안 돼. 머리가 이상해진다니까. 나도 안 마시잖아" 하고 타일렀다. 스카치위스키는 오케이라고 했다. 별로 다를 바 없지 싶은데.

"안쪽을 잠깐 둘러봐도 되겠습니까? 예전에 여기 잠깐 살았던 사람인데요." 관리인 할머니에게 그렇게 묻자니 "물론이죠, 편하게 둘러보세요" 했다.

당시 우리가 살았던 유닛*은 겉보기에는 그대로였다. 하나도 변하지 않았다. 19번 유닛. 흰색 회벽과 파랗게 칠한 기둥. 그곳에서 나는 『노르웨이의 숲』의 처음 몇 장章을 썼다. 몹시 추웠던 기억이 난다. 12월, 크리스마스 얼마 전이었다. 방에는 조그만

* 아파트 같은 공동주택 안의 한 가구.

전기난로 하나뿐이었다. 두툼한 스웨터를 입고 덜덜 떨면서 원고를 썼다. 그때는 아직 워드프로세서를 사용하기 전이라 대학노트에 볼펜으로 꼼지락꼼지락 글씨를 써내려갔다. 창밖으로는 자갈투성이의 거친 들판이 펼쳐지고, 그곳에서 몇 마리 안 되는 양떼가 묵묵히 풀을 뜯고 있었다. 내 눈에는 별로 맛있어 보이지 않았지만 양들은 그럭저럭 만족하는 듯했다.

쓰다 지치면 손을 멈추고 고개를 들어 그런 양들을 멍하니 바라보았다. 유리창 너머로 보이던 그 풍경이 지금도 또렷하게 기억난다. 벽을 따라 커다란 협죽도가 피어 있었다. 올리브나무도 있었다. 창밖으로 보이던 들판은 그때 모습 그대로 초라하게 남아 있었지만, 웬일인지 양들은 보이지 않았다.

당시 나는 아침부터 낮까지 소설을 쓰고, 저녁이 되면 산책 겸 마을로 나가 바에서 와인이나 맥주를 가볍게 마시곤 했다. 집중해서 일하고 나면 그런 기분전환이 필요했다. 그래서 여러 바에 다녔다. '미코노스 바' '소마스 바', 그외에 이름이 생각나지 않는 몇몇 바들. 그런 바에서 미코노스에 정착한 외지인(비非그리스인)들이 모여 나지막하게 대화를 나누고 있었다. 그 계절에 미코노스에 있는 일본인이라고는 우리뿐이라 다들 신기해했다. '미코노스 바'의 여자 종업원은 웃을 때 아주 매력적인 주름이 잡혔는데, 그 사람의—혹은 그 주름의—이미지를 따와 『노르웨이의 숲』

의 레이코라는 인물을 만들어내기도 했다.

'미코노스 바'는 딱히 내세울 것 없는 조용한 분위기의 작은 바였는데, 지금은 '유명한 미코노스 바' '섬에서 가장 오래된 바'라는 간판이 당당하게 걸려 있다. 어느새 전설의 바가 된 모양이다. 그곳에 무슨 전설이 될 만한 특별한 요소가 있었던 것 같지는 않지만, 어쩌면 사반세기라는 세월이 어떤 특별한 자격을 부여했는지도 모른다. 그것을 내 눈으로 확인해보고 싶었으나 오픈 시간이 예전보다 늦어진 탓에 안타깝게도 이번에는 방문하지 못했다.

예전에 자주 갔던 '필리페'라는 레스토랑(이곳은 겨울에도 문을 연다)도 때마침 일주일간 휴업중이라 재방문의 소망을 이루지 못했다. 영양분을 챙기고 싶을 때는 그곳으로 스테이크를 먹으러 갔다. 테이블에 흰 보를 씌워둔, 그 무렵의 미코노스치고는 고급 레스토랑 축에 드는 곳이었고, 맛도 나쁘지 않았다. 식사 도중 종종 정전이 됐던 기억이 난다. 당시 미코노스는 전력 사정이 좋지 않아서 툭하면 정전이 되었다. 저녁을 먹고 있는데 아무런 예고 없이 불이 확 꺼져버린다. 지금은 개선됐으려나?

이번에 간 미코노스에서는 일본인을 거의 마주치지 않았다. 섬에서 본 동양인들은 대부분 중국인 관광객이었다. 그리고 이따금 한국인. 예전에는 여기서 중국인을 마주치는 일은 거의 없

섬 곳곳에 보이는 애교 많은 고양이들

을 정도였는데, 시대가 변했음을 통감했다. 자꾸 같은 소리를 하는 것 같지만, 이십사 년이나 흐르면 여러 가지가 크게 변해 버린다. 당시 일본은 거품경제의 한복판에 있었다. 그것도 내가 일본을 떠난 이유 중 하나였다. 그 국가적 규모의 조증 상태를 견디다 못해 진력이 나버렸던 것이다. 그야말로 밤낮을 가리지 않고 귓전에서 벌이 쉴새없이 붕붕대며 날아다니는 느낌이었다. 그래도 지금 생각하면 그마저 약간 그리운 느낌이다. 다시 그런 상태로 돌아가고 싶으냐고 묻는다면, 대답은 당연히 아니요지만.

그러나 시대가 바뀌어도 항구의 풍경은 옛날과 달라지지 않았다. 바닷가를 산책하고, 카페에 들어가 커피를 마신다. 그리고 달리 하는 일 없이 마냥 항구를 바라본다. 눈앞에는 펠리컨과 갈매기, 고양이들, 개들. 그들은 싸우지도 않고 평화롭게 공존하고 있다. 장바구니를 들고 오가는 조르바계 그리스인들은 여전히 올챙이배가 툭 튀어나와 있다. 아무래도 이곳에선 아직 내장비만 문제가 화제에 오르지 않은 모양이다. 언짢은 듯이 입술을 다물고, 머리에 스카프를 두르고, 양손에 장바구니를 들고 뒤뚱뒤뚱 걸어가는 검은 옷의 과부들. 2층 창으로 몸을 내밀고 길 위의 사람에게 뭐라고 큰 소리를 질러대는 깐깐한 얼굴의 중년 여자. 무슨 물고기를 낚는지 참을성 있게 하염없이 바다에 낚싯대를 드리우고 있는 노인. 그의 눈은 지칠 줄 모르고 바다를 바라보는 데 익숙해 있다. 세월을 들이면 사람은 그렇게 바닷빛으로 물든 고독한 눈을 얻을 수 있다. 그런 항구의 풍경은 옛날과 조금도 달라지지 않았다…… 아니, 그래도 뭔가가 다른데. 나는 그렇게 생각하며 고개를 갸웃했다. 뭔가가 옛날과 크게 다르다. 대체 뭐가 달라졌을까?

그래, 커피가 몰라보게 맛있어졌다. 원래 그리스의 카페에는 걸쭉한 그리스식 커피나 텁텁한 인스턴트커피(말 그대로 '네스카페'라고 했다) 같은 것밖에 없었다. 양쪽 다 맛이 형편없었다. 그런데 지금은 맛있는—이라고 해야 할지, 적어도 커피다운 커피는 마실 수 있다. 이것은 물론 좋은 변화다. 예전에 우리가 살 때는 제대로 된 커피를 마시기 위해 꽤나 고생해야 했다. 아마 그리스인의 생활이 전체적으로 풍요로워졌다는 뜻이 아닐까.

2 스페체스 섬

미코노스에서 출발할 때도 제트기로 아테네까지 가서, 피레우스 항에서 쾌속선을 타고 스페체스 섬으로 건너간다. 스페체스 섬에는 공항이 없으므로 배를 이용하는 수밖에 없다. 항해 시간은 대략 세 시간. '플라잉 돌핀'이라는 소형 수중익선과 '플라잉 캣'이라는 대형 캐터머랜(쌍동선)이 있는데, 소요 시간은 '돌핀'이 더 짧지만 뱃멀미가 염려되는 사람에게는 '플라잉 캣'을 추천합니다. 종종 파도가 높아질 때 수중익선은 거의 고문에 가깝다. 나는 몇 번 '돌핀'을 탔다가 혼쭐이 났었다.

스페체스는 펠로폰네소스 반도에 달라붙듯이 자리잡은 작은 섬이다. 마음먹고 열심히 헤엄치면 본토까지 건너갈 수도 있는 거리다. 작은 수상택시로 수월하게 맞은편 해안을 오갈 수 있다. 일본인 같으면 그냥 다리 하나 놔버리자고 할 법한데, 그리스인들은 여간해선 그런 생각을 하지 않는다. 섬은 언제까지나 섬인 채로 놔둔다. 편리하냐 불편하냐의 문제가 아니라, 그게 자연스러우니까.

스페체스는 그리스의 섬치고 드물게 녹음이 풍성하다. 멀리서 보면 알 수 있는데, 거의 모든 언덕이 수목으로 뒤덮여 있다. 대부분 솔숲이다. 그래서인지 그리스인들은 휴가지로 이곳을 즐겨 찾는다. 이렇게 짙은 녹음에 둘러싸여 있으니, 아테네 같은 대도시에서 온 사람은 분명 마음이 평온해질 것이다. 백악의 고장 미코노스에서 온 우리도 나름대로 평온함을 느낄 수 있었다. 주위에 풍부한 오존이 가득한 기분이다. 참고로 그리스인들은 고급 대리석이 아니라 자연 목재를 아낌없이 써서 지은 건물을 호화 주택으로 친다. 그리스에 대리석이란 그야말로 쓸어서 버릴 정도로 많으니까.

그런 까닭에 이 섬에는 아테네에 거주하는 그리스인 소유의 별장(서머하우스)이 많다. 물론 외국에서 찾아온 여행자와 관광객도 많지만, 일단 여름이 끝나면 거의 완전히 그리스인의 섬으로 돌아간다. 옛날에 비해 가게 수가 놀랄 만큼 늘었지만 그런 면은 달라지지 않았다. 이번에 우리가 갔던 한 레스토랑도 자리에 앉은 손님 대부분이 그리스인 가족 혹은 커플이었다. 추모식을 마치고 온 듯한 일가친척 모임도 보였다. 손뼉을 치며 노래를 부르는 그룹도 있었다. 곳곳에 친밀한 분위기가 감돌았다. 일본의 시골 풍경과 별반 다를 게 없다.

고양이도 그때와 다름없이 온 섬에 넘쳐났다. 그런데 예전에 비해 고양이들이 깔끔해진 느낌이었다. 예전에는 상처투성이에 귀는 반쯤 뜯겨나간 꾀죄죄한 길고양이가 여기저기 어슬렁거렸는데, 이제 그런 고양이는 거의 눈에 띄지 않는다. 놀라울 정도로 털이 반지르르한 아름다운 고양이들이 거리를 사뿐사뿐 걸어다닌다. 고양이들의 생활환경은 굉장히 좋아진 모양이다.

그리스 사람들은 자기 집 고양이와 길고양이를 그다지 구별하지 않는 듯, 거리에서 아무 고양이에게나 먹이를 주는 광경이 곧

잘 눈에 띈다. 주민들이 공동으로 그 동네 고양이들을 보살피는 인상이다. 일본에서는 '길고양이에게 먹이를 주지 마세요'라는 간판을 흔히 볼 수 있는데, 그리스에서는 다함께 먹이를 준다. 주민과 고양이들이 극히 자연스럽게 '공생하는' 것처럼 보인다. 그렇다면 고양이들의 생활환경이 향상된 만큼 인간의 생활환경도 향상되었다는 뜻이려나? 어쨌든 길을 걷다보면 애교 많고 귀여운 고양이들이 발치에 다가와 한참 놀아준다. 나 같은 고양이 애호가에게는 실로 낙원 같은 곳이다.

날이 저물자 우리는 '파트랄리스 가게'에 가서 그리스 특산품 레치나 와인을 마시고, 마리자(작은 물고기 튀김)와 신선한 생선 요리를 먹었다.

'파트랄리스 가게'는 내가 이 섬에 살았던 때 자주 다녔던 조그만 동네 식당이다. 이른바 '프사리 타베르나(해산물 식당)'. 바닷가에 있다. 집에서는 걸어서 오 분쯤 걸렸다. 중심지와는 조금 거리가 있어서 관광객은 거의 오지 않고, 날마다 동네 아저씨들이 모여서 부어라 마셔라 싸구려 술잔을 기울이는 분위기다. 가게 이름대로 파트랄리스 씨라는 형제가 주인이었는데, 두 사람 다 영어를 전혀 못했고 메뉴도 전부 그리스어로 쓰여 있었다. 무척 무뚝뚝한 성격에 요리도 심플하다고 할지 솔직하다고 할지 그다지 볼품은 없었지만, 대신 가격이 저렴했다. 그 가게에서 손님으로 환영받는 느낌이 들었던 적은 거의 없다. 성가셔하는 것 같지는 않지만, '잘 오셨습니다' 하는 표정을 지어준 적이 한 번도 없었다. 대신 내가 팁을 놓고 온 적도 한 번도 없었다. 그런 타입의 가게다. 아마 그것이 파트랄리스 형제의 캐릭터 같은 것이었으리라.

그런데 그 '파트랄리스 가게'를 지금은 '신新 파트랄리스 형제'가 운영하고 있었다. 보아하니 구舊 파트랄리스 형제 중 한 명의 아들들인 것 같았다. 혈연관계를 자세히 물어보지는 않았지만, 주방에서 일하는 사람들 역시 일가친척인 듯했다. 다들 화기애애하게 일하고 있다. 아마 구 파트랄리스 형제는 은퇴했나보다(딱히 그 사실이 섭섭하지는 않다). 가게를 넓게 확장해 깔끔해졌고, 메뉴도 싹 바뀌어 가짓수가 훨씬 많아졌다. 새것 같은 식기에 가게 로고가 새겨져 있고, 메뉴판에는 홈페이지 주소까지 인쇄되어 있다. 젊은 신 파트랄리스 형제는 붙임성이 좋고 상냥하고 우호적이며, 심지어 의욕적이고 영어도 잘한다. 적어도—라고 할까—청결한 셔츠를 입고 있다.

나는 몰라보게 밝아진 가게 안을 둘러보고는 "이게 정말 그 파트랄리스 가게라고?" 하며 입을 딱 벌리고 말았지만, 결과적으로 이 신생 '파트랄리스 가게'는 우리 마음에 쏙 들었다. 예전처럼 마리자가 메뉴에 빠지지 않고 올라 있고, 역시 예전처럼 맛있었다. 하나하나 양이 푸짐한 것도 변함없다. 가격은 합리적이고(혹은 상당히 싸고), 그러면서 재료는 신선하다. 생선을 주문하면 주방으로 손님을 데려가 직접 실물을 보여주며 고르게 하고, 그것을 눈앞에서 조리해준다. 이 가게에서 잔잔한 파도 소리를 들으며 레몬과 올리브오일을 뿌린 신선한 생선 요리를 먹고 있으면 더없이 행복한 기분이 든다. 우리는 이틀 연달아 이 가게에서 저녁을 먹었다. 아주 만족스러웠다. 다만 레치나 와인은 톡 쏘는 독특한 향이 예전보다 조금 엷어진 것 같다. 나는 그 촌스러운 향이 무척 좋았는데.

그 옆에는 '아나르기로스 잡화점'이 있다. 이 동네 유일의 잡화식품점이다. 예전에 우리는 그 가게에서 갖가지 일용품을 샀다. 생수에서 휴지까지. 가게 주인 아나르기로스 씨는 조용한 중년 남자인데 영어를 거의 못했기 때문에 간단한 그리스어로 천천히 대화를 나눴다. 나는 그 사람과의 대화를 통해 하루하루 조금씩 아는 단어의 수를 늘려갔다. 굉장히 친절한 사람이었다. 생수에 녹색 이끼가 떠 있길래 보여주자 "그랬군요, 미안합니다" 하며 어두운 표정을 짓고는 새것으로 바꿔주었다. 밀봉된 생수병 안에 이끼가 끼려면 꽤나 오랜 시간이 필요했을 텐데.

이제 그 아나르기로스 씨의 모습은 보이지 않고, 아마 그의 아내로 보이는 사람이 가게를 보고 있었다(물론 옛날보다 훨씬 할머니가 되었다). 나는 그녀에게서 생수 한 병을 샀다. 당연히 이끼가 끼어 있진 않았다. 아나르기로스 씨의 근황은 알 수 없었다.

그나저나 분명 파트랄리스와 아나르기로스 씨네 가게에서 오 분 정도 거리에 내가 살던 집이 있을 텐데, 아무리 돌아봐도 찾을 수 없었다. 한 달이나 살았던 집이니 금방 찾겠지 하고 우습게 생각했는데, 인간의 기억이란 믿을 게 못 된다. 물론 주위 집들의 모습이 바뀌어버린 이유도 있으리라. '이 길이 맞는데' 하면서 돌아봐도 눈에 들어오는 건물이 없었다. 완만한 언덕길이 있고, 그 끝이 산으로 이어지고, 길모퉁이 집에 커다란 부겐빌레아 나무가 아름다운 꽃을 피웠고, 2층 건물에 굴뚝이 솟아 있었고…… 그렇게 기억을 더듬어보았지만, 아무리 찾아도 이거다 싶은 집이 보이지 않았다.

하릴없이 다시 '아나르기로스 잡화점'으로 가서 "이 주위에 담디로풀로스 씨네 집이 있습니까?"라고 물었다. 처음 이곳에 왔을 때도 여기서 같은 질문을 했던 것 같다. 마침 가게 안에 모여 있던 젊은이 중 한 사람이 영어를 할 줄 알아서(젊은 사람들은 대체로 영어를 한다), 아나르기로스 부인 대신 상대해주었다.

"담디로풀로스는 그리스에서 아주 흔한 성이에요"라고 그가 말했다. "내 이름도 담디로풀로스인데." (모두 웃었다.)

"아테네 사람이고, 이 동네에 예전부터 서머하우스를 갖고 있던 담디로풀로스 씨인데요."

"아하, 그럼 한 집밖에 없어요. 이 근처 맞죠?"

"걸어서 오 분쯤 되는 곳이에요."

"그럼 따라오세요. 안내해드릴 테니."

이리하여 그가 담디로풀로스 씨 집까지 안내해주었다. 아주 친절하고 붙임성 좋은 젊은이였다.

"여기예요." 그가 말했다. 흰 벽으로 둘러싸인 아담한 2층집이었다. 주위 풍경이 기억과 영 달라서 '어, 이랬었나?' 하고 당황했지만, 이 부근에 담디로풀로스 씨네 집은 여기뿐이었다. 그렇게 생각하고 보니 분명 이런 집이었던 것 같기도 하다. 인간의 기억이란 정말로 믿을 게 못 된다. 문을 두드리고 물어보려 했지만 창마다 덧창이 굳게 닫혀 있었다. 서머하우스라 10월에는 더 이상 사람이 살지 않는 것이다.

"몇 년 전에 개축했으니 옛날과 달라 보일지도 몰라요"라고 그 청년이 알려주었다. 내가 감사인사를 하자 담디로풀로스 청년은 빙긋 웃으며 손을 흔들고 '아나르기로스 잡화점'으로 돌아갔다. 섬사람들은 (대체로 모두) 친절하고 우호적이다. 그런 점은 예전과 변함이 없다. 이십사 년이 흘렀어도, 통화가 바뀌었어도, 주위 풍경이 변했어도, 냉전이 끝났어도, 경제가 오르락내리락해도 사람들의 심성은 별로 변하지 않은 것 같다. 나는 그 사

예전에 한 달간 살았던 스페체스 섬의 집

실에 안심했다. 마을에서 가장 소중한 건 뭐니뭐니해도 사람의 마음이니까.

"여기가 아마 우리가 살았던 집인가보다"라는 결론을 내리고 나는 그 집 앞에 섰다. 카메라맨 오카무라 씨가 사진을 찍어주었다. 재방문 기념사진. 이 집인지 아닌지 100퍼센트 확신은 안 들지만, 뭐 대략 이런 분위기이긴 했으니 그 정도로 충분하지 않을까. 딱히 면밀한 학술조사를 하려는 것도 아니니.

잠시 이런저런 옛일을 떠올리며 주변을 정처 없이 어슬렁거렸다. 동네에는 역시나 고양이가 많았다. 귀여운 새끼고양이가 길을 걸어오는 할머니 다리에 머리를 비비려다 "저리 가" 하듯이 가볍게 걷어차였다. 할머니도 나름대로 바쁜 것이다. 그래서 대신 내가 가서 한동안 쓰다듬어주었다. 사람을 아주 잘 따르는 예쁜 새끼고양이였다. 그대로 일본에 데려오고 싶었을 만큼. 부겐빌레아가 아름답게 피어 있던 길모퉁이 집은 끝내 찾지 못했다.

다음날 오전, 마을 남쪽의 올드포트로 산책을 갔다. 항구까지는 천천히 걸어서 십오 분쯤 걸린다. 내가 기억하는 올드포트는 지극히 한가로운, 어디선가 시간에 잊혀 홀로 남겨진 듯한 분위기의 항구였다. 후미 앞바다에 좌초된 낡은 화물선이 부드러운 햇볕 아래 녹슨 선체를 드러내고 있던 광경이 기억난다. 그 무용한 화물선을 어딘가로 옮길 생각은 아무도 하지 않는 것 같았다. 그것은 오브제처럼 고요하게, 의미심장하게 그 자리를 지키고 있었다. 인기척도 뜸하고 권태와 정밀靜謐이 부드럽게 감싼, 아름답고 오래된 후미였다. 커다란 옛 수도원이 서 있어서 흰 종루와 벽이 눈부셨다. 곶 끄트머리에는 솔숲에 에워싸인 무인 등대가 있었다. 등대에는 울타리가 쳐져 있고, 기운 좋은 수컷 산양 한 마리가 안을 지키고 있었다. 녀석은 집요한 눈빛으로 주위를 매섭게 노려보았다. 그런 고요한 광경이 내 머릿속에 새겨져 있었다.

그런데 이번에 다시 가보니 생각보다 많은 배와 요트가 항구에 계류되어 있고, 주위에 레스토랑과 카페가 몇 개씩 늘어서 있었다. 오가는 사람도 많고 나름대로 북적이는 분위기다. 나는 몹시 놀라고 말았다. 단순히 내 기억이 잘못된 것인지, 계절이 조금 어긋나서인지, 아니면 그만큼 섬이 발전한 것인지, 이유는 잘 모르겠다. 그래도 아직 이 올드포트는 충분히 한가롭고 낮 산책에 잘 어울리는 항구다. 카페에 앉아 커피를 마시고, 별생각 없이 요트 돛대가 바람에 펄럭펄럭 휘날리는 소리를 들으며 갈매기를 바라보고, 오가는 사람들을 바라보다보면 어느새 시간 가는 줄 모른다.

곶 끄트머리에 있는 언덕에 올라가보았다. 등대 주위 풍경은 기억 그대로다. 흰 등대를 에워싼 푸른 솔숲. 그 사이로 난 비포장도로. 그러나 등대 울타리 안에 산양은 없었다. 바다에서 불어오는 바람결에 바닥의 풀들이 하늘거리고, 머리 위에서는 소나무 가지가 사락사락 부드러운 소리를 낸다. 시선을 집중하니 앞바다를 가로지르는 각양각색의 배들이 보였다. 어선이며 요트며 페리. 그곳에는 먼 곳에 사는 사람들의 삶이 있다. 하늘은 빈틈없이 어렴풋한 잿빛을 띠고, 바다 위에는 흰 파도가 수없이 일렁인다. 레이먼드 챈들러가 어디서 '등대처럼 고독하다'라는 표현을 썼는데, 이 등대는 별로 고독해 보이진 않는다. 그러나 언뜻 보아도 고요하다. 등대처럼 과묵하다.

오래도록 목조 어선을 만들어온 작은 조선소에서 탕탕 나무망치 소리가 들린다. 어딘가 정겨운 소리다. 규칙적으로 울리던 소리는 갑자기 뚝 끊겼다가, 잠시 후 다시 들려온다. 이런 풍경은 조금도 변하지 않았다. 그 나무망치 소리에 귀를 기울이고 있으면 마음이 이십사 년 전으로 돌아간다. 당시 나는 『세계의 끝과 하드보일드 원더랜드』라는 소설을 마무리하고, 다음 작품 『노르웨이의 숲』 집필에 들어갈 생각을 하고 있던 삼십대 중반의 작가였다. 일단은 '젊은 작가' 축에 속했다. 솔직히 말해 나는 지금도 여전히 '젊은 작가' 같은 기분이 들지만, 물론 그럴 리는 없다. 시간이 흘렀고, 당연히 나도 그만큼 나이를 먹었다. 그 흐름은 어떻게 해도 피하기 어렵다. 그러나 등대 앞 풀밭에 앉아 주위 세상의 소리에 귀를 기울이고 있자니 나 자신의 마음은 그때와 별로 달라지지 않은 것 같다. 어쩌면 제대로 성장하지 못했을 뿐일지도 모르지만.

스페체스 섬을 다시 찾고서 딱 한 가지 실망한 부분은 자동차가 예상외로 늘어났다는 점이다. 우리가 살던 무렵에는 긴급차량을 제외하면 섬에 차가 거의 다니지 않았다. 택시도 없어서 짐을 옮길 때는 마차를 이용해야 했다. 연락선이 도착하는 항구(뉴포트)에는 덮개 없는 마차들이 항시 대기하고 있었다. 지금도 마차가 몇 대 보이긴 하지만 주로 관광객을 상대로 하는 듯하다. 현지인들은 보다 현실적으로 택시를 이용한다. 독일처럼 메르세데스 E클래스 택시가 다닌다. 오토바이도 꽤 많아졌다. 하여간 엔진 소리가 시끄럽다. 이것은 분명 섬 관광에 상당한 마이너스 요인이 될 것이다. 그리 큰 섬이 아니니 오토바이를 금지하고 모두 자전거를 이용하면 좋지 않을까란 생각이 든다. 자전거는 훨씬 조용하고 건강에도 좋다. 그런데 여기선 남녀노소 할 것 없이 오토바이를 무척 좋아하는 것 같다. 그것들이 요란한 소리를 내며 오가는 통에 정신이 사납다. 여정旅情이고 뭐고 느낄 새가 없다. 오토바이와 자동차만 없다면 정말 멋진 섬인데.

만약 내가 오나시스 같은 대부호라면 전동바이크를 잔뜩 사들여서 섬 주민들에게 나눠줄 텐데. "오토바이 말고 이걸 타세요" 하면서. 그러면 소음도, 가솔린 냄새도 사라질 것이다. 공기 오염도 없다. 장거리를 달리진 않으니 충전 때문에 불편할 일도 없겠지. 하지만 그럴 수는 없는 노릇이라(당연하지만), 사람들은 양철 대야를 두들기는 듯한 요란한 배기음을 내며 혼다나 가와사키 오토바이로 내달린다. 아테네에서 만난 사람들은 "스페체스에는 아직 자동차가 안 다녀서 조용하고 좋다"고 했는데, 그 정보에 착오가 있었던 것 같다. 차가 아직 다니지 않는 곳은 옆에 있는 이드라 섬이다.

그래도 스페체스의 바다는 변함없이 아름다웠다. 고맙게도 이것은 변하지 않았다. 물이 한없이 투명해 바닥까지 훤히 들여다보인다. 이곳 아니면 볼 수 없을 듯한, 왠지 모르게 마음이 평온해지는 바다다. 에게 해의 진청색과는 또 조금 다른 색이다. 그리스 섬을 몇 군데 돌아보면 알겠지만, 섬마다 바다의 색이 조금씩 달라 보인다.

스페체스 섬의 반가운 뉴스 중 하나는 고급 호텔 '포세이돈 호텔'의 부활이다. 항구 바로 옆에 있는 이 웅장한 옛 호텔은 섬의 한 시기를 풍미했다. 유럽 각지에서 귀족들과 유명인들이 찾아와 이곳에 묵었다. 그런데 여러 사정으로 섬이 쇠퇴해버리면서 운영에 곤란을 겪고 오랫동안 휴업 상태였다. 우리가 여기 살던 무렵에는 거의 폐허로 전락해 있었다. 그 모습은 마치 나이들어 통풍을 앓는, 한때 아름다웠던 귀부인처럼 보였다. 그런데 그곳이 대대적인 리노베이션을 거쳐 작년에 호화 호텔다운 영업을 재개한 것이다. 고급 프렌치 레스토랑과 세련된 스파 시설도 딸려 있다. 아마 전폭적인 투자를 받은 모양이다. 이번에는 안타깝게도 숙박은 못했지만, 로비만 봐도 아주 멋진 호텔이었다. 그런데 슬슬 10월 중순으로 접어드는 참이라 현관과 로비에 사람들도 적고 조용했다. 프런트의 여자 직원에게 물어보니 "이번 주말부터 휴가에 들어가서 내년 4월에 다시 엽니다"라고 했다. 분명 성수기에는 우아한 활기로 가득한 모습을 보여줄 것이다. 그런 화려한 시기에 다시 한번 이 섬을 방문하고 싶다. 생각해보면 나는 늘 비수기에만 이곳을 찾았다. 마치 화장을 지운 시간만 골라서 여자를 만나러 가는 것처럼……

내가 묵은 '아르마타'라는 아담한 부티크호텔(예전에는 이런 유의 호텔이 없었다)도 우리가 이번 시즌 마지막 투숙객이라 직원들이 슬슬 문 닫을 준비를 하고 있었다. 다른 손님은 하나도 없었다. 수영장 물을 빼고, 덱 체어를 치우고, 파라솔을 접는다.

식기들을 챙겨 넣는다. 프런트를 보던 상냥한 청년(아마 가족끼리 경영하는 듯하다)은 "당신들이 마지막 손님이니까"라며 비싸 보이는 레드와인 한 병을 선물해주었다. 코린토스 근교에서 생산되는 와인. 감사히 받았다(나중에 마셔보니 맛이 아주 좋았다). 주말이 오면 이 섬의 레스토랑과 호텔 대부분은 덧창을 닫아걸 것이다. 여름 동안 일하러 왔던 많은 사람이 본토로 돌아가고, 섬은 다시금 고요에 잠긴다. 안타깝게도 오토바이 배기음만은 사라지지 않을 것 같지만.

섬을 떠날 때는, 그것이 어떤 섬이든, 늘 왠지 모를 아쉬움이 남는다. 스페체스처럼 그립고 따뜻한 기억으로 가득한 섬이라면 더더욱 그렇다. 파도에 흔들리는 불안정한 트랩을 건너 배에 오르고 비닐시트 좌석에 앉으면 이윽고 엔진 소리가 울려퍼진다. 배가 서서히 방향을 바꾸어 난바다로 뱃머리를 돌리고 느릿느릿 부두를 벗어난다. 부둣가에 서서 배웅하는 사람들의 모습이 멀어진다. 검은 개 한 마리가 부두 끝에 서서 빨간 혀를 내밀고는 떠나는 배를 가만히 지켜본다. 그것이 그 개의 습관일지 모른다. 떠나는 배를 매번 배웅하고 싶어하는 개일지도 모른다. 왠지 모르게 그런 습관적인 분위기가 풍겼다. 그러나 곧 그 개도 작아져 시야에서 사라진다. 손을 흔드는 사람들도 사라진다.

마을이 점점 작아지고, 산등성이가 그저 어렴풋하고 아득한 윤곽으로 변해간다. 이윽고 섬 자체가 수면에 뜬 형체 없는 안개 속으로 서서히 삼켜진다. 아무리 눈에 힘을 줘봐도 이젠 수평선밖에 보이지 않는다. 그런 섬이 그곳에 실체로 존재한다는 것조차 확실하지 않다. 그곳에서 계속 살아가는 사람들의 모습도, 그곳에 있던 푸른 솔숲과 오래된 조선소도, 붙임성 좋은 바닷가의 해산물 식당과 새로 개장한 호화 호텔도, 혀를 내밀고 배를 배웅하던 항구의 개도, 이제는 모두 현실의 것이라는 생각마저 희미해진다.

다음에 또 언제 이 섬에 올 수 있을까? 아니, 두 번 다시 올 일이 없을지도 모른다. 당연한 얘기지만, 섬은 어디 다른 곳에 가는 길에 훌쩍 들르듯 방문할 수 없다. 작정하고 그 섬을 찾아가든지, 아니면 영영 찾지 않든지. 둘 중 하나다. 중간은 없다.

배는 세 시간 후 피레우스 항에 도착한다. 나는 짐을 어깨에 메고, 단단한 대지를 밟고, 일상의 연장선상으로 돌아간다. 내가 속한 본래의 시간성 속으로 돌아간다. 언젠가는 돌아가야 할 그곳으로.

〔덧붙이며〕

이때 그리스를 다녀온 지 얼마 되지 않아 이른바 '그리스 위기'가

심각해졌습니다. 내가 본 바로는 그런 기미가 없었는데. 어쨌거나 그리스 사람들이 행복하고 즐겁게 살아갈 수 있는 날이 다시 찾아오기를 기원합니다.

타임머신이 있다면

뉴욕의 재즈 클럽

NEW YORK

타임머신이 있고 딱 한 번 마음대로 사용할 수 있다면, 당신은 무얼 하고 싶은가? 분명 여러 소원이 있으리라. 그런데 내 대답은 꽤 오래전부터 명확하게 정해져 있다. 1954년의 뉴욕으로 날아가서(기본적이고 바보 같은 질문. 타임머신은 날아다니나?) 그곳 재즈클럽에서 클리퍼드 브라운&맥스 로치 5중주단의 라이브를 원 없이 들어보고 싶다. 그것이 나의 가장 큰 소원이다.

정말 그거면 되겠어? 피라미드 건축 현장이나 마라톤 전투, 다이카 개신,* 히틀러가 주도한 뮌헨 봉기 같은 역사적 사건을 직접 목격하고 싶진 않으냐고 물을지도 모르겠다. 물론 그런 것들도

* 7세기 중엽 일본에서 중앙집권적 정치체제를 구축하기 위해 행한 개혁.

끌리긴 하지만, 나는 원래 욕심이 별로 없는 성격이라 그렇게까지 거창한 소망을 품진 않는다. 클리퍼드 브라운&맥스 로치 5중주단의 라이브 감상이면 충분하다. 그 퀸텟의 실력은 최고였고, 클리퍼드 브라운이 교통사고로 사망하는 바람에 유닛으로 활동한 기간이 믿기지 않을 정도로 짧다. 그러니 시공을 초월하면서까지 들으러 갈 가치가 충분하다고 본다. "아, 정말 좋은 구경 했다" 하면서 충만하고 흡족한 마음으로 현재로 돌아올 수 있을 것 같다.

찰리 파커나 빌리 홀리데이의 라이브도 물론 보고 싶지만, 이 사람들은 꽤 심각하게 마약에 빠져 있었던 탓에 연주의 질이 들쑥날쑥했고, 공연에 지각하거나 아예 빼먹은 경우도 부지기수라 "가보긴 했는데 끝까지 무대에 나타나지 않더라고. 맥주만 마시고 돌아왔지" 하는 상황이 벌어질 수도 있다. 어쨌거나 타임머신을 딱 한 번밖에 쓸 수 없는데 혹시라도 그런 신세가 된다면 참담하기 이를 데 없다. 그런 연유로 나는 성실하고 완벽한, 항상 일생 단 한 번의 기회처럼 전력투구했던 클리퍼드 브라운의 무대를 선택하고 싶다. 만약 타임머신을 갖고 있는 분이 계시다면 저 무라카미에게 꼭 연락해주시길.

물론 나처럼 클리퍼드 브라운에 집착하지 않는다면, 뉴욕의 재즈클럽에 가는 것 자체는 그다지 어렵지 않다. 지극히 자연스럽게 비행기 표를 사고, 자연스럽게 타고 가서, 자연스럽게 JFK 공항에 내리면 그만이다. 타임머신이 없다면 굳이 과거의 영광에 얽매일 것 없이 지금 여기의 멋진 것들을 있는 그대로 즐기면 되지 않나. 이것이 세계 어디서든 상식적인 시민이 가질 만한 건전한 사고방식이다.

다만 이럴 경우에는 아무래도 시차가 걸림돌이다. 일본에서 비행기를 타고 미국 동부까지 가면 때마침 라이브 공연이 절정에 접어드는 밤 열시 무렵인 가장 졸린 '마의 시각'이다. 부끄럽지만 나 역시 연주중 곤히 잠들어버린 적이 몇 번 있다. 1980년대 초에 좋아하는 보컬 마크 머피의 공연을 보러 갔었는데, 맥주를 한 잔 마셨다가 기분좋게 단잠이 들어버려서 어땠는지 거의 기억나지 않는다. 지금 생각해도 안타깝다. 무척 아담하고 분위기 좋은 지하의 재즈클럽이었는데.

'블루노트'에서 디지 길레스피 밴드를 보았을 때는(안타깝게도 디지는 그 공연 후 얼마 안 돼 세상을 뜨고 말았다) 미국에 살던 시기라 확실하게 깨어 있었는데, 주위의 일본인 관객들은 대부분 쿨쿨 잠들어 있었다. 장난기 많던 디지는 테이블을 오가며 그들 귓가에 크게 나팔을 불어 깨우고 다녔다. "일본인들은 잠을 자려고 일부러 뉴욕의 재즈클럽까지 온다니까" 하고 농담을 던지며 즐거운 듯이 웃었다. 나도 조심스럽게 따라 웃고 말았다.

전설의 '빌리지 뱅가드'

하지만 시차로 인한 졸음이 얼마나 지독한지는 직접 겪어본 사람 아니면 이해하기 힘들 테죠. 그나저나 타임머신에는 시차가 있을까? 멀미 같은 것도 할까? 생각하면 할수록 더 모르겠다.

이번 뉴욕 재즈클럽 탐방의 목적 중 하나는 '빌리지 뱅가드'에 가서 오너 로레인 고든 씨를 만나는 것이었다. 로레인 씨는 재즈계에서 매우 전설적인 인물이다. 소녀 시절부터 열광적인 재즈 팬이었고, 1942년 블루노트 레코드의 창시자인 앨프리드 라이언과 결혼해서 아직 설립 초기였던 그 음반사의 발전에 기여했으며, 사연이 있어 이혼한 후(세상에 사연 없이 이혼하는 사람은 거의 없겠지만) 재즈클럽 '빌리지 뱅가드'의 오너인 맥스 고든과 재혼했다. 그리고 고든 씨가 세상을 떠난 뒤로는 혼자서 그 유서 깊은 재즈클럽을 꾸려가고 있다.

그녀는 몇 해 전 파란만장한 반평생을 담은 책 『Alive at the Village Vanguard』를 출간했다. 얼른 구해서 읽어봤는데 굉장히 재미있어서 로레인 씨를 꼭 만나보고 싶어졌다. 그도 그럴 것이 블루노트 레코드와 '빌리지 뱅가드'라는, 재즈 역사의 위대한 두 아이콘에 깊이 관여해온 중심인물 아닌가. 이야기가 재미없을 리 없다. 게다가 좋고 싫음이 강하며 에두르지 않고 하고 싶은 말을 하는 사람이라 읽다보면 기분이 좋아진다. 물론 내친김에(라고 할까) '빌리지 뱅가드'를 필두로 하는 뉴욕의 재즈클럽들에서 며칠간 마음껏 재즈에 심취하고픈 마음도 있었다.

'빌리지 뱅가드'는 이름 그대로 그리니치빌리지에 있는 오래된 재즈클럽이다. 1935년 맥스 고든이 첫 공연을 한 뒤로 장장 칠십육 년째 같은 빌딩 같은 지하실에서 영업을 이어가고 있다. 처음에는 포크송이나 코미디 공연도 했지만 1950년대 중반 이후로 재즈 전문 클럽이 되었다. 보도로 튀어나온 천막과 네온사인 로고가 이 가게의 상징이다.

뉴욕에는 수많은 재즈클럽이 있지만 이렇게 오랫동안 한자리를 지켜온 곳은 달리 없다. 가게 자체가 이미 '세계유산' 급이라, 안에 들어가 의자에 앉기만 해도 역사 속으로 조용히 빨려들어가는 듯한 숙연한 기분에 젖는다.

"그런데 자꾸 말썽이 생겨서 힘들어요"라고 로레인 씨는 말한다. "아무래도 백 년 가까이 된 건물이니 비가 새지 않나, 배관이 망가지지 않나, 소방서에서 트집을 잡지 않나, 다음에는 또 어디서 문제가 생길지 알 수가 없어." 내가 가게를 찾은 날은 마침 폭우가 쏟아지는 바람에, 그녀는 대화중에도 계속 비가 새는 문제로 골머리를 앓아야 했다.

아닌 게 아니라 건물은 낡았다. 남루하다는 표현이 더 어울릴지도 모르겠다. 가구며 집기도 호화로움과 거리가 멀고, 메뉴는 음료 몇 종뿐이며, 음식은 전혀 내놓지 않는다. 그러나 이 가게에서 라이브를 들어보면 틀림없이 그 훌륭한 음향에 놀랄 것이다. 천장과 벽 곳곳이 울퉁불퉁하고, 바닥은 불규칙하게 구부러진 기묘한 형태다. 꼭 일부러 심술궂게 만들어놓은 골프코스 같다. 처음 보면 이렇게 괴상한 곳에서 제대로 음악을 감상할 수나 있을지 걱정스럽지만, 막상 흘러나오는 소리를 들으면 "그래, 이게 바로 재즈의 소리지"라고 단번에 납득하게 된다. 마치 실내 구석구석까지 진짜 재즈의 소리가 배어 있고, 그것이 악기 연주와 생생하게 공명하는 것처럼 들린다.

그런 이유로 지금껏 이 가게에서는 소니 롤린스, 빌 에번스, 존 콜트레인, 캐넌볼 애덜리 등 많은 이가 근사한 라이브 실황을 녹음해왔다. 자꾸 같은 말을 해서 뭣하지만, 뉴욕에는 수많은 재즈클럽이 있다. 그러나 이렇게 오랜 세월 음악을 흡수하고, 그것을 벽과 천장이 지금까지 또렷하게 기억하고 있는 가게는 '빌리지 뱅가드' 말고는 한 군데도 없다.

어떤 뮤지션을 출연시킬지는 여전히 로레인 씨가 결정한다. 거의 가족 경영이나 마찬가지로 딸과 사위가 가게를 돕고 있다. 출연료는 유명하든 아니든 모두 똑같다. 윈턴 마살리스가 나온다고 거액의 출연료를 지불하지는 않는다. 장소가 별로 넓지 않은데다 출연자의 급에 따라 입장료가 달라지는 일이 거의 없기 때문에 더 주고 싶어도 현실적으로 그럴 수 없는 것이다. 장삿속이 없다고 할지, 무뚝뚝하다고 할지, 일단 미니멈 드링크를 내주고는 추가 주문을 받으러 오지도 않는다. 그러나 "출연료가 싸도 좋으니 뱅가드 무대에 서고 싶다"는 뮤지션이 한둘이 아니다(윈턴 마살리스도 그중 한 사람이라고 한다). 요컨대 그것이 재즈고, 요컨대 그것이 뉴욕이며, 또한 말할 필요도 없이, 요컨대 그것이 '빌리지 뱅가드'라고 나는 생각한다. 그야말로 '전통의 힘'이라고 할까. 이 가게에 들어와 위스키소다를 마시며 공연 시작을 기다리노라면 마치 타임머신을 타고 온 듯한 기분이 들 정도다.

헨리 키신저*가 이 가게를 찾았을 때 입구를 지키던 로레인 씨가 무표정한 얼굴로 "뮤직 차지 20달러, 미니멈 드링크 10달러. 카드나 수표는 안 받습니다. 괜찮나요?"라고 말했다는 일화가 유명하다. 키신저 씨는 순순히 지갑에서 현금을 꺼내 계산했다. 여하튼 하드코어한 가게다. 로레인 씨는 1960년대 한동안 재즈계를 떠나 반전운동에 몰두하며 하노이까지 다녀온 사람이다. 키신저 씨와 성향이 잘 맞는 편이라고는 할 수 없었겠지.

나는 이틀 밤을 '빌리지 뱅가드'에 가서 공연을 보았는데, 이

* 닉슨 대통령 시절 국가안보 보좌관을 지낸 정치인. 미국의 국익을 위해 베트남, 캄보디아, 칠레 등의 전쟁 및 분쟁에 개입했다는 이유로 비난을 받기도 했다.

스라엘의 여자 색소폰(클라리넷) 주자 아낫 코헨이 이끄는, 세 남매로 이루어진 '스리 코헨스 섹스텟(6중주단)' 밴드가 아주 근사했다. 세 명이 다루는 세 가지 관악기가 과감하게 프런트를 구성하는, 이른바 '뉴 메인스트림 재즈'에 가까운 밴드다. 리듬 섹션은 뉴욕에서 활동하는 뮤지션들. 남매 사이라서인지 그루브의 조화가 완벽하다. 입구 쪽 자리에 앉은 로레인 씨에게(늘 같은 자리에 앉아 있다) "정말 좋은 밴드네요"라고 말하자, "그렇죠. 조금 시끄럽지만"이라고 대답했다. 시끄러운 음악은 별로 그녀의 취향이 아닌 모양이다. 그러나 이 아낫 코헨은 요즘 그녀가 밀어주는 젊은 뮤지션 중 한 사람이다. "내일 저녁에는 클라리넷으로 베니 굿맨 트리뷰트 연주를 해요. 그건 들을 만해요"라고 한다. 그녀는 벌써 팔십대 후반이지만 자신만의 귀와 취향이 확고하다. 누구에게도—아마 손님에게도—양보할 생각이 없을 것이다.

그밖에 미드타운의 '버드랜드'에서 재능 있는 보컬 커트 엘링의 공연을 보았다. 어니 와츠가 콜트레인 역할을 맡아 그의 발라드 레퍼토리를 노래하는, 매우 차밍하고 클레버한 프로그램이었다. 커트 엘링의 노래를 라이브로 처음 들어본 나는 이 사람에게 완전히 반하고 말았다. 앞서 말한 마크 머피나 존 헨드릭스 같은

오늘밤의 뮤지션 정보를 보는 중

기교파 남자 보컬의 전통을 완벽하게 잇고 있다. 테크닉도 있으며, 편곡도 매우 세련되었다. 함께 출연한 어니 와츠도 퓨전 시대 이미지를 벗어나 열심히 건투하고 있었다. 일본에 돌아오니 마침 그날 연주와 똑같은 내용의 신보가 CD로 발매되어 있었다.

휴식 시간에 엘링 씨가 친히 내 자리로 찾아와서 "무라카미 씨, 당신 책을 많이 읽었어요" 하고 상냥하게 말을 걸어주었다. "고맙습니다" 하며 악수를 나눴다. 매우 느낌이 좋고 지적인 사람이었다.

'버드랜드'도 물론 아주 오래되고 유명한 클럽이지만(육십 년 전 오리지널 클럽이 개업한 날에는 찰리 파커 밴드가 출연했었다), 그후로 몇 번이나 자리를 옮기며 경영 방식도 바꾸었다. '고색창연'할 정도로 옛날 분위기를 엄격히 고수하는 '빌리지 뱅가드'와는 대조적으로 최신 설비를 갖춘 나이트클럽에 가깝다. 실내는 청결하고 널찍하며, 맛있는 음식을 팔고, 음료 추가 주문도 꼬박꼬박 받으러 온다. 서비스도 빈틈없다. 여자 친구들끼리 분위기를 잡고서 뉴욕의 나이트라이프를 즐기기에는 최적일지 모른다. 그러면서 가격은 합리적이고, 연주 수준도 만족스러우며, 음향도 재즈를 듣기에 모자람이 없다. 이곳도 추천합니다.

업타운, 센트럴파크 서쪽 컬럼비아 대학 근처의 적당히 세련되고 아담한 재즈클럽 '스모크'에서는 베테랑 피아니스트 래리 윌리엄스가 이끄는 트리오의 연주를 들었다. 드럼은 빌리 하트(반가운 이름이다). 출연 뮤지션 중 이 지역에 사는 사람이 비교적 많은 듯했고, 그래서인지 연주도 왠지 동네에 온 것처럼 편안하다. 이런 면도 뉴욕의 위치적 장점이다.

예전에 이곳은 '오기스 재즈바'라는, 상당히 차분한 분위기의 전문가 취향 클럽이었는데, 1998년 문을 닫고 지금의 주인이 넘겨받아 '스모크'라는 이름으로 새로 오픈했다. 이 클럽은 흑인들이 많이 사는 할렘 지역에 가까워서인지 알게 모르게 흑인스럽고 '다운 홈'* 같은 분위기가 감돈다. 빌리지나 소호 쪽의 클럽과는 다소 기풍이 다르다. 뮤지션들과 관객의 교류 같은 것도 묘하게 자연스럽다. 그런 부분은 아마 예전 가게에서 이어받은 면이 클 것이다. 혼자 훌쩍 들러서 위스키 잔을 기울이며 동네 사람인 양 재즈 라이브를 즐기고 싶다면 어쩌면 이 가게가 가장 적합할지도 모르겠다. 식사 메뉴도 꽤 충실하다.

'빌리지 뱅가드' '버드랜드' '스모크' 등, 나흘간 뉴욕에 머물면서 매일 밤 재즈 라이브를 들으러 다녔다. 낮에는 재즈 레코드 가게를 돌며 LP를 사들였다. 이 이상의 행복을 어디서 찾을 수

* 미국 남부의 소박한 분위기를 이르는 말.

있을까?

그래도 역시, 아니 진심으로, 타임머신을 갖고 있는 분이 계시다면 혹시 모르니 꼭 연락해주시기 바랍니다.

시벨리우스와
카우리스매키를
찾아서

핀란드

FINLAND

핀란드 하면 당신은 제일 먼저 무슨 생각이 드는가? 내 머릿속에 떠오르는 것을 순서대로 늘어놓으면 다음과 같다.

1 아키 카우리스매키의 영화

2 시벨리우스의 음악

3 무민

4 노키아와 마리메코

아키 카우리스매키의 영화는 모두 빠짐없이 챙겨 보았고, 시벨리우스의 교향곡 전집은 다섯 종류나 갖고 있다(개인적으로는 다섯번째를 가장 애호한다). 무민 머그잔으로 이따금 커피를 마신다. 노키아 휴대전화도 이래저래 오 년쯤 사용했다. 그렇다면 나는 상당한 핀란드 팬인지도 모른다. 지금까지 딱히 의식하지 않았는데, 생각해보면 누가 그렇게 말한대도 부정할 수 없는 면이 있다.

아무튼, 오랜만에 핀란드에 다녀왔다. 시기는 8월 초지만 그래도 겉옷과 스웨터를 단단히 챙겨 갔다. 그도 그럴 것이 지난번(이라지만 이미 사반세기가 넘게 지난 1986년의 일입니다) 헬싱키 여행 때, 아직 9월 초였는데도 추위에 호되게 시달렸기 때문이다. 평소처럼 아침 일찍 혼자 조깅을 했는데 달리는 도중 부슬부슬 비가 오기 시작했다. 진눈깨비처럼 차가운 비였다. 안 되겠다, 빨리 호텔로 돌아가야겠다고 생각은 했지만 공교롭게도 돌아가는 길을 헤매고 말았다. 엎친 데 덮친 격으로 묵고 있던 호텔 이름이 도무지 떠오르지 않았다. 가만있자, 뭐라고 했더라? 몸에는 오싹오싹 한기가 들고, 누구한테 길을 물을 수조차 없으니 정말 울고 싶은 심정이었다. 뭐, 고생 끝에 어찌어찌 돌아오긴 했지만.

그런 비참한 기억이 뇌리에 남아 있어 한여름인데도 따뜻한 옷가지를 잔뜩 챙겨 간 것이다. 그런데 이번에 만난 핀란드 날씨는 대체로 온화하고 평화로웠다. 밤이 되니 제법 쌀쌀해진 날이 하루 있었지만, 감기에 걸리지도 않았고 길에서 심술궂은 엘크(수록)에게 걸려 점심 값을 뜯기지도 않았다. 나는 꽤 행복한 기분으로 핀란드에서의 나날을 보내고 일본으로 돌아왔다.

물론 하나부터 열까지 모든 일이 순조롭게 풀린 것은 아니다. '여행지에서 모든 일이 잘 풀리면 그것은 여행이 아니다'라는 것이 나의 철학(비슷한 것)이다. 카우리스매키 형제(아키와 미카)가 경영하는 헬싱키의 명물 바 '카페 모스크바'에 갔는데, 음료 주문조차 해보지 못했다. 카우리스매키의 팬 입장에서 무슨 일이 있어도 여긴 꼭 가봐야겠다고 전부터 별렀던 술집이다. 어둡고 야한 1960년대풍 인테리어부터 주크박스 겉면에 붙은 편집증적인 선곡 목록까지, 모든 것이 대단하다 싶을 만큼 완벽하게 카우리스매키의 취향을 따르고 있다. 전해들은 말에 따르면 이 바의 기본적인 경영 방침은 '차가운 서비스와 따뜻한 맥주'라고 한다. 흐음, 역시 상당히 유니크하죠.

카우리스매키 씨는 이 바 외에 호텔도 경영했다는데, 그쪽은 현재 휴업중인 모양이다. 어쩌면 그 호텔의 경영 방침은 '딱딱한 침대와 허술한 서비스' 같은 것이었을지도 모른다. 만약 그렇다면 그곳을 다시 한번 방문하고 싶어하는 숙박객은 그리 많지 않았으리라.

일곱시쯤 이 '카페 모스크바'에 들어가 의자에 앉아서 누군가 주문을 받으러 오길 가만히 기다렸는데, 종업원으로 보이는 사람이 통 나타나지 않았다. 사십 분 가까이 제자리에서 참을성 있

카우리스매키 감독 형제가 경영하는 '카페 모스크바'에서.
카우리스매키 분위기의 커플

게 기다렸지만 아무 일도 일어나지 않았다. 가게에는 나 말고도 커플 손님이 있었고 그들은 문제없이 카운터에서 맥주를 마시고 있었으니 조금 전까지는 분명 누군가 일하는 사람이 있었을 게 틀림없다. 그리고 주문받은 맥주를—차가운지 따뜻한지는 제쳐두고—내줬을 테지. 기분이 내켰다면 병뚜껑까지 따줬을지 모른다. 그러나 지금은 없다. 그 커플에게 "가게 사람은 없나요?"라고 물어보니, "글쎄요, 조금 전까지 있었는데 어디 갔을까. 잘 모르겠지만 한동안 안 올지도 몰라요. 원래 그런 가게라서"라고 대답했다.

그들은 삼십대 초반 정도의 핀란드 남자와 스물이 조금 넘은 요염한 분위기의 에스토니아 여자 커플이었는데, 상당히 다운투 어스한, 그렇고 그런 속내가 가득한, 농밀한 분위기를 풍겼다. 이런 손님층도 지극히 카우리스매키스럽다. 정말이지 '인테리어의 일부'라고 해도 위화감이 없을 듯한 두 사람이었다.

그런데 아무리 시간이 지나도 종업원이 돌아오지 않아서 결국 미지근한 맥주도 마시지 못한 채 '카페 모스크바'를 나오는 신세가 되었다. 아쉽다고 하면 아쉽지만, 그런 식의 전개도 은근히 카우리스매키스러워서 아주 나쁘지만은 않았다. 나오면서 보니 지금은 고인이 된 배우 마티 펠론페 씨(나는 그의 팬이었다)의 사진이 걸려 있길래 그 아래서 기념사진을 찍어달라고 부탁

했다. 펠론페 씨의 명복을 빈다.

참고로 종업원이 오길 기다리는 동안은 그 커플과 후쿠시마 원자력발전소 사고에 대해 영어로 대화를 나눴다. 핀란드에는 다섯 기의 원전이 있다고 한다. 국토 대부분이 평지라 수력발전이 불가능하므로 원자력발전에 기대는 수밖에 없다. 머나먼 북쪽, 사람이 살지 않는 곳에 어마어마하게 깊은 구멍을 파서 핵폐기물을 버리고 단단히 봉한다. 하지만 그것이 무해해지려면 십만 년 정도가 걸린다. "그런데 일본에는 그렇게 사람이 안 사는 장소도 없고 말이죠"라고 나는 말했다. "뭐, 여러모로 어려운 문제네요"라는 선에서 대화를 끝맺고 헤어졌다. 원자력발전 문제에 대해 마땅히 획기적인 제안도, 유익한 조언도 없었다. 원래 그런 걸 기대할 만한 자리가 아니었으니 어쩔 수 없지만.

시벨리우스 이야기.

시벨리우스가 인생의 대부분을 보냈던 유명한 산장 '아이놀라'에도 가보았다. 헬싱키에서 40킬로미터쯤 떨어진 예르벤페라는 전원지대에 있다. 시벨리우스 하면 왠지 엄청 옛날의 위대한 작곡가 같은 이미지지만 실은 비교적 최근까지 생존했고(그렇다 해도 1957년까지입니다만), 이 집에 실제로 오십삼 년이나 거주했었다. 시벨리우스가 세상을 뜨고 나서 남은 가족들은 한동안 이곳에 살았다. 그래서 '역사적 유산'이라기보다 '잘 보존된 지인의 옛집' 같은 분위기에 가깝다.

시벨리우스는 아흔두 살이라는 고령으로 죽을 때까지 이 집에 수도 설비를 놓지 않았다. 수도를 끌어올 돈이 없어서가 아니다. 공사를 하면 시끄러워서 작곡에 지장이 생긴다는 이유로 "수도 따윈 필요 없어. 우물만 있으면 충분해. 지금까지도 별문제 없이 살아왔잖아" 하며 완강하게 거부한 것이다. 그 정도로 예민한 사람이었다. 그 바람에 가족들은 집 바깥의 화장실을 사용해야 했다. 핀란드의 한겨울 날씨에 매번 밖으로 나가 볼일을 보기란 꽤나 고역이었을 게 틀림없다. 물론 밤에는 실내 변기를 썼겠지만, 그것도 별로 쾌적하지는 않았을 것이다. 시벨리우스가 세상을 뜨고 유족들이 제일 먼저 한 일은 아이놀라 산장에 수도 설비를 들이는 것이었다. 그 심정, 이해가 간다.

시벨리우스에게는 아내와 딸 다섯이 있었는데, 아마도 "아, 이제 드디어 집안에 수세식 화장실을 만들 수 있겠네. 아버지가 돌아가신 건 안타깝지만, 솔직히 좀 편해진 것도 있어" "뭐, 아버지가 편한 분은 아니었잖아" "누가 아니래. 그래도 왠지 서운하다" 하는 식의 대화를 주고받지 않았을까 멋대로 추측해본다. 꼭 오즈 야스지로 영화의 한 장면 같지만.

실제로 시벨리우스는 만년에 접어들어 몹시 내향적이고 괴팍

해졌던 모양이다. 갈수록 바깥세상과의 접촉을 피했다. 우리가 지금 이 아이놀라 산장을 찾아가 내부를 견학하며 볼 수 있는 것은 자연에 파묻힌 감수성 풍부한 예술가의 지극히 간소한—소박하다고 해도 좋을—생활상이다. 당시 이곳에서 즐길 수 있었던 오락은 기껏해야 음악과 독서와 정원 가꾸기 정도다. 그러나 그것만으로도 충분했을지 모른다. 윤택한 인생의 기준은 사람마다 다르다. 시벨리우스 씨 일가는 특히 정원 가꾸기에 열의를 쏟았던 듯, 지금도 아름다운 정원과 텃밭(의 흔적)이 남아 있다.

아이놀라에서 유독 눈길을 끈 것은 안채에서 조금 떨어진 곳에 서 있는 번듯한 사우나하우스다. 대부분의 핀란드 사람처럼 시벨리우스 씨도 사우나에 편집증적일 정도의 애정이 있었던 것 같다. 그 사우나를 둘러보고 나서 시벨리우스의 사진이나 조각상(왜 그런지 늘 언짢은 표정이다)을 다시 보면 이 작곡가에게 전에 없던 친근감이 생길 수도 있을 것이다. 수증기가 모락모락 나는 사우나에 들어앉아 "어허, 시원하다" 하며 흡족한 웃음을 짓는 모습이 절로 상상되기 때문이다. 콧노래로 〈Finlandia〉를 흥얼거렸을지도 모른다.

가족들은 시벨리우스의 사후에도 계속 이 아이놀라 산장에 살았다. 1969년 부인 아이노 씨가 세상을 뜨자 핀란드 정부는 유족에게서 건물을 사들여 시벨리우스 기념관을 만들었다. 가보면 알겠지만, 아이놀라 산장은 시벨리우스가 살았던 당시의 모습을 놀라울 정도로 면밀하게 보존하고 있다. 식기부터 다리미, 전화기, 조리용구와 침대까지 모든 것을 본래 모습 그대로 남겨서 전시중이다. 덕분에 우리는 시벨리우스라는 음악가뿐 아니라 당시 핀란드인의 일상이 어땠는지 생생하게 살펴볼 수 있다. 매우 흥미롭답니다.

아이놀라 산장에는 시벨리우스가 작곡에 썼던 스타인웨이 그랜드피아노가 고스란히 남아 있고, 지금도 콘서트에서 실제로 연주한다(아이놀라 산장에서는 정기적으로 작은 콘서트가 열린다). 이 피아노는 그의 쉰번째 생일에 친구들이 선물해준 것이다. 그전까지 그는 낡은 업라이트피아노로 작업했다. 업라이트피아노가 좋아서가 아니라 그랜드피아노를 살 금전적 여유가 없었기 때문이다. 그래서 친구들이 "시베 공公쯤 되는 세계적인 작곡가에게 그랜드피아노도 없다는 건 핀란드의 수치야"라면서(말투는 어디까지나 나의 상상이지만), 기금을 모아 새 그랜드피아노를 사서 선물했다. 시베 공은 무척 기뻐했다고 한다.

시베 공……이 아니라 시벨리우스의 쉰번째 생일이라면 1915년, 그가 5번 교향곡까지 완성했을 시기다. 국가적인 위인으로 인정받고, 〈Finlandia〉와 바이올린협주곡 등이 세계적으로 널리 연주되고 있었다. 그런데도 왜 그런 자금난을 겪어야 했을까? 아이놀라

헬싱키의 에텔레 항

산장의 여자 관장 힐카 헬미넨 씨에게 물어보니, 당시 핀란드는 실질적으로 아직 러시아의 통치를 받고 있었기 때문에 이렇다 할 인세 제도가 정립되지 않았고, 시벨리우스는 대부분의 작품을 얼마 안 되는 푼돈에 팔면서 인세도 제대로 받지 못했다고 한다. 그래서 오랫동안 빚에 시달렸다. '교향곡을 써볼까'란 마음이 들었을 때도 생활비를 벌기 위해 피아노나 바이올린을 위한 소품을 써서 팔아야 했던 것이다. 가슴 아픈 일이다. 피아노나 바이올린을 위한 소품 중에도 매우 훌륭한 작품이 몇 곡 있지만.

참고로 핀란드가 정식으로 독립국가가 된 것은 러시아혁명 후인 1917년이었다. 그리고 시벨리우스는 새로운 핀란드의 얼굴 같은 존재가 되었다.

잠깐 개인적인 얘기를 하자면, 핀란드에는 현재 내 작품 네 편이 번역 출판되어 있다. 이번 기회에 출판사에 연락해봤더니 "오, 핀란드에 잘 오셨습니다. 같이 식사라도 하시죠"라고 해서, 헬싱키 항구 근처에 있는 세련된 레스토랑에서 출판사 사람 네 명과 점심을 먹었다. 디렉터와 편집자와 마케터(셋 다 여자), 번역가(남자). 식사중 "요새 사업은 어떻습니까?"라고 물어보니, "여기 독자들은 대부분 핀란드어 번역판이 나오기 전에 영어로 먼저 읽어버리기 때문에 번역 출판 사업이 상당히 어려워요"라고 대답했다. 그만큼 젊은 사람들은 영어를 자유자재로 구사한다. 스웨덴어 책을 읽는 사람도 많다. 그래도 그들은 핀란드어에 긍지를 느끼고, 조금이라도 많은 책을 핀란드어로 번역해 출판해야 한다는 사명감을 갖고 있었다. 건전한 사고방식이다. 응원하고 싶다.

사실 이 나라에서 핀란드어를 일반적으로 사용하게 된 것은 비교적 최근의 일이다. 19세기까지는 스웨덴어를 공용어로 사용했다. 나라 전체가 스웨덴의 문화적 지배하에 있었기 때문이다. 현재도 핀란드는 핀란드어와 스웨덴어 양쪽을 공용어로 사용하는 바이링구얼 국가인데, 그 당시 핀란드어는 교양이 부족한 시골 사람들의 말로 여겨졌다. 그러나 러시아의 지배를 받으면서 내셔널리즘이 발흥함에 따라 핀란드어가 핀란드인의 공용어로, 민족 정체성의 상징으로 차츰 힘을 얻게 되었다. 핀란드어가 여타 서유럽 언어의 구조와 다소 다르며 일본어와 비슷한 요소를 지녔다는 점은 자주 지적되는 바다.

그러고 보니 옛날에(1980년대 중반) 뉴욕에서 존 어빙을 만나 대화를 나눴는데, 그가 "내 책이 핀란드어로 몇 권이나 번역됐어. 인구 500만밖에 안 되는 그 작은 나라에서 말이야"라고 말하며 기뻐했던 추억이 떠오른다. 물론 인구가 많은 나라에서 번역되는 것도 고마운 일이지만(책이 많이 팔리니까), 반면 인구가 적은 나라의 말로 번역되는 것 또한 작가로서 나름대로 자랑스러운 일입니다. 그 나라에 개인적으로 따뜻한 친밀감을 갖게 된다.

그건 그렇고, 세계 어디를 가나 출판사 사람을 만나서 "요즘 경기는 어떻습니까?"라고 물었을 때, "하아, 장사가 너무 잘돼서 큰일입니다"라는 대답을 들어본 예가 없다. 보통 다들 침울한 표정을 지으며 "그게 말이죠, 책이 잘 안 팔려서……" 하는 푸념을 쏟아낼 뿐이다. 핀란드에서도 마찬가지였다. 원자력발전이나 지구온난화만큼 심각한 문제는 아닐지언정 해가 갈수록 책이 안 팔리는 현상 또한 세계적인 고민거리인 것 같다. 흠, 우리의 지구는 앞으로 어떻게 되는 걸까……

그러나 지구의 앞날이 어떻든, 핀란드인의 여름휴가 풍경은 참으로 우아하다. 내 책을 담당하는 편집자도 7월에 사 주 정도 휴가를 쓰고 지난주에 막 복귀했다고 한다. 책 매출에서 휴가로 화제가 바뀌자 사람들의 얼굴이 갑자기 밝아진다. 많은 헬싱키 시민이 교외에 서머하우스를 두고 여름이 되면 긴 휴가를 내서 도시를 벗어나 자연 속에서 느긋하게 휴식을 취한다. 호수에서 수영을 하고, 트레킹을 하고, 일광욕을 즐기고, 사우나에서 땀을 흘린다. 국토 면적에 비해 워낙 인구가 적으므로 공간 면에서도 넉넉하다. "경기가 나빠서……"라고 말들은 하지만 생활에 여유가 있다. 부럽죠. 경기가 나쁘면 얼굴에 바로 불경기라는 게 드러날 수밖에 없는 나라의 사람과는 좀 다르다. 하긴 겨울이 너무 길어서 여름철에 최대한 피부로 햇볕을 흡수해두려는 이유도 있겠지만.

헬싱키 시민이 어떤 곳에서 즐거운 휴가를 보내는지 궁금해 렌터카를 빌려서 교외 중에서도 서머하우스가 많이 있(다고 하)는 헤멘린나로 가보았다. 이 도시는 헬싱키에서 대략 100킬로미터 떨어져 있고, 차로는 한 시간 정도 걸린다.

헤멘린나가 있는 북쪽으로 향하는 고속도로는 실로 드넓고 곧은데다 교통량이 극도로 적다. 주위에는 온통 푸른 숲뿐이라 나무들 말고는 달리 볼만한 것도 없다(목재는 오랫동안 핀란드의 수출 1위 품목이다). 나무 종류도 그리 많지 않다. 줄기가 곧게 뻗은 구주소나무와 버드나무처럼 가지를 축 늘어뜨린 자작나무, 그리고 가문비나무, 단풍나무 정도다. 그것들이 한데 섞여 자라는 숲이 한도 끝도 없이 이어진다. 반복해서 말하지만 딱히 볼만한 구경거리는 거의 없습니다. 물론 심술궂은 엘크에게 걸려들지 않으려면 도로에서 시선을 떼지 말아야 하지만. 그래도 나는 헬싱키 시내에서 산 핀란드어판 올디스 록 CD 몇 장을 카스테레오로 들으며 유유자적 드라이브를 즐겼다. 핀란드어로 듣는 로이 오비슨의 〈Oh, Pretty Woman〉 커버곡은 꽤 마음이 편해지더군요. 정말로.

헤멘린나에는 좁고 긴 모양의 아름다운 호수가 있다. 고대 빙하가 이동중 지표를 갉아먹으면서 만들어진 호수가 흡사 운하처럼 남북으로 길게 뻗어 있다. 그리고 호숫가에 오래된 성이 서 있다. 아름다운 풍경이다. 헤멘린나라는 지명의 뜻이 '헤멘의 성'이라는 사실에서 알 수 있듯이 이 성의 존재감은 몹시 크다. 성은 13세기 스웨덴인이 핀란드 통치의 요충지로 건설한 것이다. 그래서 주위로 자연스럽게 마을이 형성되었다. 아직 해안선 쪽에만 사람이 거주하던 당시 핀란드에서 헤멘린나는 유일한 내륙 도시로, 또한 교역의 거점으로 번성해갔다.

무엇보다 이 성은 한 번도 전화戰火에 휩싸인 적이 없고, 19세기 초 러시아가 스웨덴에 이어 핀란드를 통치하게 된 뒤로는 교도소로 개장했고 이후 1980년대까지 죄수들을 수감했다고 한다. 지금은 내부를 깨끗하게 복원해놓아서 자유롭게 견학할 수 있다. 한때 교도소였던 분위기는 조금도 남아 있지 않다. 원한다면 홀을 빌려서 결혼식을 할 수도 있다(생각해보니 결혼도 일종의 감옥으로 들어가는 일이긴 하다). 탑에 올라 창밖으로 내려다보는 호수의 풍경이 대단히 멋지다. 여기 갇혀 있던 죄수가 과연 어떤 심정으로 그 풍경을 바라봤을지는 잘 모르겠지만.

헤멘린나에서. 망아지를 키우던 소녀

성을 견학한 뒤 시내에 나가 가볍게 점심을 먹고, 교외의 좁은 비포장도로에서 천천히 차를 몰며 호숫가에 늘어선 서머하우스를 구경했다. 바로라라는 작은 마을 근처에, 집에 딸린 방목장에서 어미와 새끼 말을 키우는 가족이 있었다. 대여섯 살 되는 작은 여자아이와 큼지막한 개가 말들 옆에서 놀고 있었다. 따스하고 멋진 광경이었다. 동행한 사진가가 "그림이 좋네요. 괜찮으면 사진을 찍고 싶은데"라고 해서 그 집 사람에게 "실례합니다. 갑자기 죄송합니다만, 댁의 사진을 좀 찍어도 될까요?"라고 물어보았다. 일요일 오후 뜬금없이 커다란 카메라를 든 일본인이 정원 앞에 나타났으니 그쪽도 조금 놀란 듯했지만, '뭐 수상한 인간들은 아니겠지'라고 판단했는지 "네, 상관없어요. 찍으세요"라며 승낙해주었다. 친절한 사람들이었다.

그 집의 주인 베카 씨는 이곳이 서머하우스가 아니라 가족들이 일 년 내내 사는 집이라고 했다. 넓고 푸른 정원이 있고, 호수 쪽으로 잔교가 걸려 있었다. 그 앞으로 이따금 보트가 유유히 지나간다. 여름날의 하얀 구름이 수면에 선명하게 비쳤다. 말에 대해서는 "아뇨, 장사가 아니라 그냥 취미로 키우는 거예요"라고 했다. 그냥 취미로 말을 키우다니 대단한 스케일이다. 고양이를 키우는 것과는 수고의 정도가 다를 것이다. 정말 우아한 생활이다.

우리가 찾아갔을 때는 일고여덟 명의 가족(+개) 모두 정원에 나와 화기애애하고 떠들썩하게 점심식사를 하는 참이었다. 아마 삼대가 모인 듯싶었다. 주위의 자연은 풍요롭고 아름답다. 그 아름다움이 사라지지 않도록 다들 주의깊게 신경을 쓴다. 그런 인상을 받았다. 쓸데없이 경관을 해치는 것은 하나도 눈에 띄지 않는다. 이 나라는 자연이라는 소중한 유산을 세대에서 세대로 조용히, 고스란히 물려주고 있다.

헤멘린나에서 매력적인 관광도시 탐페레까지는 호수들을 차례로 넘나드는 배가 다닌다. 팸플릿을 보니 배 위에서 호수와 숲의 멋진 풍경을 만끽할 수 있을 듯했다. 그러나 배로 그곳까지는 한나절이 족히 걸려서 이번에는 일정상 아쉽게 포기해야 했다. 헬싱키도 매력적인 도시지만, 내륙 지방의 깊고 풍요로운 자연을 누리지 못한 채 핀란드를 떠나다니 진심으로 안타까웠다. 다시 한번 시간을 내서 느긋하게 오고 싶다는 생각을 하며 고속도로를 달려 헬싱키로 향했다. 그래도 아주 멋진 하루였다. 엘크도 맞닥뜨리지 않았고.

마침 헬싱키가 '세계 디자인 수도'로 뽑힌 해라 시내 곳곳에서 디자인 관련 전시회가 열리고 있었다. 일본에서도 북유럽의 공예 디자인을 높이 평가해 옛날부터 인기가 꽤 많았는데, 최근 들어 핀란드의 인기가 높아진 듯하다. 나도 이번에 몇몇 공예가의 공방을 찾아가 작품을 감상했다. 물론 각자 고유한 스타일이 있지만 담담한 색채와 디자인의 심플함은 일본 공예와 알게 모르게 통하는 면이 있고, 도기 중에도 그대로 일식에 쓸 수 있을 법한 것이 많았다. 일본인에게 인기 있는 이유도 수긍이 간다.

헬싱키 시내에 공방을 두고 작품활동을 하는 도예가 나탈리 라덴매키 씨는 "일본에 자주 가요"라고 말했다. 그런 식의 교류도 많은 모양이다. 그녀는 커다란 창고 같은 건물 2층의 드넓은 공간을 몇몇 아티스트와 공동으로 사용하고 있었는데, 보아하니 1층은 아이스크림 공장이었다. 핀란드에서 상당히 인기 있는 아이스크림 메이커라는데, 어쨌거나 바로 아래층에서 거대한 공업용 냉각기를 돌리고 있으니 복도로 나가면 웅웅대는 모터 소리가 몹시 시끄럽다. 엘리베이터도 화물용이라 큼지막하다. 그래도 그런 무뚝뚝한 '창고 느낌'이 꼭 십여 년 전의 뉴욕 소호처럼 제법 예술적인 분위기를 풍긴다.

핀란드의 공예 디자인은 스웨덴이나 덴마크에 비해 역사가 짧은 편이지만, 그만큼 젊은 세대가 자유롭게 의욕적으로 스타일을 만들어갈 수 있고, 그런 데서 나오는 에너지가 흥미로웠다. 여러 디자인숍을 산책 삼아 돌아보기만 해도 며칠은 헬싱키에서 보낼 수 있을 것이다. 눈에 들어오는 카페에서 가볍게 허기를 달래기도 하면서. 시내 어디를(아마도) 돌아다녀도 안전하다는 것 역시 헬싱키의 훌륭한 점 중 하나랍니다.

디자인과는 관계없지만, 헬싱키 항의 섬 안에 있는 동물원에서도 즐거운 시간을 보냈다. 섬 하나가 고스란히 동물원인 매우 유니크한 곳이다. 항구에서 페리를 타고 간다. 언덕길이 많고 엄청나게 넓어서 피크닉 온 기분으로 즐겁게 구경할 수 있다. 웬일인지 고양잇과 동물이 여러 종 모여 있어서 고양이 애호가인 나로서는 무척 즐거웠다. 잘 몰랐는데, 유럽에는 살쾡이만 해도 종류가 상당하더군요. 혹시 시간이 되면 꼭 가보시기 바랍니다. 겨울철에는 사람이나 동물이나 추울 것 같지만.

핀란드는 전반적으로 한가로운 북유럽권 나라 중에서도 유독 한가로운 나라다. 그다지 화려한 부분은 없지만 시간이 조용하고 잔잔하게 흘러간다는 인상을 받는다. 사람들도 친절하고 부드럽다. 음식도 꽤 맛있다. 좋은 곳입니다. 한번 가보면 당신도 핀란드 팬이 될지 모른다. 운 좋으면 숲에서 우연히 스너프킨을 마주칠지도 모르고…… 물론 농담이지만.

〔덧붙이며〕

나는 『색채가 없는 다자키 쓰쿠루와 그가 순례를 떠난 해』에서 핀란드를 배경으로 한 장면들을 모두 상상으로 쓰고 난 뒤에야 이 핀란드 취재를 떠났습니다. 마치 나 자신의 발자취를 하나하나 더듬어 가듯이. 그런 면에서 흥미로운 여행이었습니다.

거대한
메콩 강가에서

루앙프라방(라오스)

LUANG PRABANG

일본에서 라오스 루앙프라방까지 가는 직항편은 없으므로 어딘가에서 비행기를 갈아타야 한다. 방콕이나 하노이를 경유하는 것이 일반적이다. 내 경우는 중간에 하노이에서 1박을 했는데, 그때 한 베트남 사람이 "왜 하필 라오스 같은 곳에 가시죠?"라고 미심쩍은 표정으로 물었다. 그 말의 이면에는 '베트남에는 없고 라오스에만 있는 것이 대체 뭐길래요?'라는 뉘앙스가 묻어 있었다.

자, 라오스에 대체 뭐가 있단 말인가? 좋은 질문이다. 아마도. 하지만 내게는 아직 대답할 말이 없다. 왜냐하면 그 무언가를 찾기 위해 지금 라오스까지 가려는 것이니까. 여행이란 본래 그런 것이 아니겠는가.

그러나 그런 질문을 받고 새삼 생각해보니, 내가 라오스라는 나라에 대해 아는 것이 거의 없다는 사실을 깨달았다. 지금껏 라오스에 이렇다 할 흥미를 가진 적도 없었다. 그곳이 지도 어디쯤 위치하는지조차 제대로 몰랐다. 당신도 아마 비슷하지 않을까(상당히 내 맘대로) 짐작해보는 것이지만.

위키피디아적인 몇 가지 사실—라오스는 동남아시아 유일의 내륙국으로 바다에 면한 부분이 없다. 아마 서퍼 인구도 적을 것이다. 그 대신(이랄까) 메콩 강이라는 큰 강이 국토를 가로지르며 남북으로 흐른다. 강은 그 자체로 미얀마와 태국 등 이웃나라와의 국경을 이룬다. 국토 면적은 일본의 약 3분의 2(대부분 험준한 산지와 밀림), 인구는 일본의 20분의 1. 나라 전체 GDP는 돗토리 현 경제 규모의 약 3분의 1에 해당한다. IMF에서는 '후발발전도상국'으로 분류한다. 국민의 78퍼센트가 농업에 종사한다……라고 말해도 어떤 곳인지 전혀 짐작이 안 가죠. 나 역시 그렇다. 그러니 직접 가보는 수밖에 없다.

목적지인 루앙프라방은 메콩 강가에 위치한 매우 아담한 마을이다. 마을 자체보다 외곽에 있는 공항이 더 클 것이다. 현관은 쓸데없이 크고 근사한데 방은 몇 개 안 되는 집과 비슷하다. 거실을 지나 안쪽 문을 열었더니 바로 뒷마당이 나오는 격이다.

인구는 2만 명 남짓. 그곳에 크고 작은 사원이 헤아릴 수 없을 정도로—아마 헤아릴 수야 있겠지만 정확한 수는 알려져 있지 않다—빼곡히 모여 있어 일명 '불도佛都'로 불린다. 옛 란상 왕국의 수도였지만 국방상의 이유로(이 나라는 예로부터 국방을 중시해야 했다) 16세기 들어 비엔티안으로 천도했기 때문에, 지금은 마치 일본의 나라*처럼 종교적인 정취가 감도는 조용한 '고도古都'가 되었다. 외국인 관광객에게 인기 있는 곳이다. 참고로 '세계유산'에도 등록되었다. 고층 건물이나 쇼핑센터 같은 것은 찾아볼 수 없다. 스타벅스나 맥도날드도 없다. 주차 미터기, 교통신호조차 없다.

사원이 많으니 당연히 승려의 수도 많다. 선명한 오렌지색 승복을 걸치고 머리를 민 수많은 승려가 마을의 모든 길을 모든 방향으로 오간다. 그들은 맨발로 아주 조용하게 걷고, 한없이 온화한 미소를 머금고, 나지막한 목소리로 얘기를 나눈다. 승복의 오렌지색과 허리에 두른 노란색 띠가 산뜻한 조화를 이룬다.

승려들은 보통 강렬한 햇볕을 막기 위해 양산을 쓰고 다니는데, 안타깝게도 지극히 평범한 검은색 박쥐우산이 대부분이다. 내 생각에는 누군가가—이를테면 어느 NPO나 해외원조기관

* 奈良, 8세기 일본의 수도 헤이조쿄가 위치했던 간사이 지방의 도시.

이른 아침 탁발에 나선 승려들

이—승복 색과 맞춘 근사한 오렌지색, 혹은 허리띠에 맞춘 노란색 우산을 그들에게 만들어줘야 하는 게 아닌가 싶다. 그러면 색채의 통일감이 한층 두드러지고 루앙프라방의 풍경도 지금보다 훨씬 인상적일 것이다. 또한 승려들의 정체성도 보다 굳건해지지 않을까. 야쿠르트 스왈로스의 열성팬이 초록색 우산을 들고 씩씩하게 진구 구장으로 향하는 것처럼.

아니면 너무 완벽한 컬러 코디네이션은 소박한 신앙심과 근본적으로 어울리지 않는 것일까? 별것 아닌 문제인데도 한번 생각하기 시작하니 루앙프라방에 머무는 내내 우산 색이 머릿속을 떠나지 않았다. 뭐, 그만큼 거리를 오가는 승려가 많다는 뜻이기도 하지만.

루앙프라방은 독실한 불교 국가인 라오스 안에서도 특히 신앙심이 돈독한 곳이다. 매일 새벽 다섯시쯤 승려들이 탁발에 나선다. 사람들은 대나무를 엮어 만든 밥통(팁카오라고 한다)에 찹쌀밥(카오냐오라고 한다)을 담아가서 길가에 앉아 승려들에게 차례차례 시주한다. 일반인은 탁발하는 승려들보다 높은 위치에 있어서는 안 되며, 눈을 마주쳐서도 안 된다(예를 들어 죽마를 타고 시주하는 것은 당치도 않다). 길가에 반듯하게 앉아 공손히 바쳐야 한다. 그것이 중요한 예의다.

이윽고 맨발의 승려들이 사원 단위로 줄지어 끝도 없이 다가온다. 앞서 말했듯이 루앙프라방에는 매우 많은 사원이 있고, 한 사원에 평균 스무 명에서 서른 명가량의 승려가 소속되어 있다. 행렬 맨 앞에 높은 지위의 승려가 서고(가끔 영리한 개가 앞장설 때도 있다), 맨 뒤에서는 초등학교 저학년 나이쯤 되는 동자승이 따른다. 그들은 시종 침묵을 지킨다. 쓸데없는 말은 일절 하지 않는다. 모든 것이 고요하다. "어제 다루빗슈의 피칭 정말 대단하지 않았어?"라며 호들갑 떠는 승려도 없고, 아이폰으로 메시지를 확인하는 승려도 없다. 탁발 때만은 모두 장난 아니게 진지하다. 당연히 시주하는 쪽도 진지해야 한다.

이곳 사람들은 이른 아침부터 카오냐오를 준비해 승려들이 줄지어 다가오기를 조용히 기다린다. 그런 의식을 매일 빠짐없이 이어가기란 제법 수고스러운 일일 텐데, 루앙프라방에서는 사람들이 영위하는 일상의 자연스러운 일부다. 라오스는 일단 사회주의국가를 표방하고 있지만 민간의 이런 불교신앙은 국가 시스템을 초월한 곳에서 뿌리깊고 담담하게, 메콩 강의 흐름이 끊이지 않는 것처럼 변함없이 기능하고 있다. 나 역시 '이것도 다 경험이니까' 하는 생각에 아직 어두운 새벽 길가에 앉아 승려들에게 찹쌀밥을 '시주'해보았다. 거의 흉내에 가까운 수준이었지만 그래도 직접 해보고 나니 그곳에 존재하는 토착의 힘 같은 것을,

그 진정성을 신비로울 정도로 강렬하고 생생하게 느낄 수 있었다. 종교인들이 종종 "설령 피상적으로 흉내만 낼지라도 계속 실천하다보면 언젠가 진짜가 된다"는 말을 하는데, 아닌 게 아니라 정말로 그런 면이 있는지도 모르겠다.

어쨌거나 이곳은 도쿄 도 미나토 구에서 한참 멀리 떨어진 장소다—당연한 말이지만. 여러분도 혹시 루앙프라방에 올 일이 생기면 꼭 일찍 일어나 '탁발 체험'을 해보기 바랍니다. 직접 땅바닥에 앉아 스님들에게 카오냐오를 시주하다보면, 의식儀式의 힘이랄지, 그 장소의 힘이랄지, 예상을 뛰어넘은 무언가를 느낄 수 있을 겁니다.

루앙프라방 시 바로 앞에는 메콩 강이 말 그대로 도도하게 흐르고 있다. 루앙프라방은 오랜 역사 동안 메콩 강에 힘입어 성장하고 번영해온 지역이다. 이 장대한 강은 라오스 국토를 세로로 꿰뚫고 흐르며 토지를 비옥하게 만들고, 풍부한 수산물을 제공하고, 중요한 교통수단이 되어준다. 그러나 결코 평화롭고 온화한 강이라고는 할 수 없다. 내가 방문한 시기는 건기라서 수량이 평소보다 적었을 텐데도, 산간을 흐르는 물살은 거칠기 짝이 없고 물빛은 호우가 내린 직후처럼 불길한 갈색을 띠고 있었다. 곳곳의 지류가 한데 모이는 메콩 강은 하류에서 거대한 하천을 이루어 하구 쪽에 유명한 메콩 삼각주를 형성하는데, 이 주변의 강폭은 불과 100미터 정도밖에 되지 않는다(그런데 다리가 하나도 놓여 있지 않아서 사람들은 페리로 강 건너를 오간다). 강가에 서서 그 끝없는 흙탕물의 흐름을 바라보노라면 저 밑바닥에는 과연 무엇이 있을지, 어떤 생물이 살고 있을지, 왠지 모르게 불안한 기분이 들곤 한다.

나는 루앙프라방 옛 왕궁 근처에 있는 선착장에서 '롱테일 보트'라고 하는 소형 리버보트를 타고 시내에서 25킬로미터 정도 떨어진 상류까지 거슬러올라갔다. 도중에 작은 마을을 방문하거나 무수한 불상이 늘어선 신비로운 동굴을 구경하거나 강가의 교도소(감시탑이 불길하게 솟아 있다)와 담배공장, 옛날 왕의 여름별장 앞을 스쳐지나거나 했다. 물살이 무척 빨라서 상류로 올라가려면 반대방향보다 두 배 이상 시간이 걸린다. 이따금 후드득후드득 빗방울이 떨어지는, 찌뿌듯이 흐리고 쌀쌀한 날이었다. 동남아시아이긴 하지만 내륙의 깊은 산속에 위치한 지방이라 겨울철에는 꽤 추워진다. 보트 여행에 그다지 적합한 날씨는 아니었다. 그래도 그 덕분에 강은 (아마도) 맑고 화창한 날과는 조금 다른 일면을 내게 보여주었다.

파카와 바람막이로 몸을 감싸고 보트에 올라 비에 젖은 강변의 밀림 풍경과 무슨 장애물에 부딪혀서 거친 거품을 일으키는 강물—작은 보트는 교묘하게 그곳을 피해간다—과 강 위로 떠내려가는 온갖 이름 없는 생활물자를 멍하니 바라보는 동안(이따금 단조로운 엔진 소리에 취해 깜박 잠이 들기도 했다), 메콩 강의 깊고 신비로운, 그리고 어스름하고 과묵한 정취가 축축하고 얇은 베일처럼 내내 우리 위에 드리워져 있었다. '불온한' '정체 모를'이라는 표현이 어울릴 만한 기분마저 든다. 메콩 강은 마치 하나의 거대한 집합적 무의식처럼 땅을 파고들고, 중간중간 자기편을 늘려가며, 대지를 굵직하게 관통한다. 그리고 짙은 탁류 속에 자신을 감춘다. 강을 둘러싼 풍경에는 풍요로운 자연의 은총이 안겨주는 감촉과 더불어 대지를 향한 경외가 불러일으키는 긴장감이 어우러져 있다.

메콩 강은 강가에 거주하는 사람들의 라이프스타일과 빈틈없이 밀착해 있는 듯 보인다. 장대한 강은 그대로 사람들의 라이프라인을 이룬다. 수위가 내려가서 노출된 강가의 비옥한 땅은(메콩 강의 수위는 10미터 가까이 오르내리기도 한다) 한시가 아깝다는 듯 왕성하게 경작되고 있었다. 검고 우락부락한 물소 떼가 다가와 탁한 물을 마시고, 여자들은 강물에 다리를 담그고 민물새우를 잡는다. 여기저기 정박한 보트 안에서 생활하는 가족도 있었다. 빗줄에 널어놓은 빨래가 소리없이 내리는 가랑비에 젖어들었다. 주변의 울창한 숲속에서 사냥하는 사람들도 보인다.

개들이 짖고, 닭들은 힘차게 울어젖힌다. 농부로 보이는 몸집 작은 노부부가 탄 아주 작은 보트가 우리와 엇갈려 지나간다(어디로 장을 보러 가는 길인지도 모른다). 사람들은 말 그대로 메콩강을 따라 생활을 꾸려가고, 그 의식과 마음은 끊임없는 강의 흐름과 공생하는 듯하다. 거의 체념한 듯, 그러나 때로는 터프하게.

강 앞에서, 특히 강 위에서 우리 여행자는 그저 그곳을 스쳐 지나가는 환영 같은 존재에 불과하다. 우리는 이곳에 와서 구경만 하고 다시 떠나간다. 단지 그뿐이다. 미세하게 긁힌 자국 하나 이곳에 남기지 못한다. 보트를 타고 강 상류로 거슬러오르노라면 그런 사실을 절감하게 된다. 이윽고 나라는 실체가 조금씩, 어딘지 모르게, 그러나 확실하게 희박해져가는 듯한 불가사의한 감촉이 느껴진다. 그리고 그 강은 분명—어디까지나 나처럼 평범한 일본인에게 그렇다는 얘기지만—너무나 거세고, 또한 너무나 탁하다. 그런 강은 이제껏 어디서도 본 적이 없다. 그것은 불과 며칠 사이 내가 갖고 있던 강이라는 개념을, 그리 크게는 아니지만, 아주 근본적으로 바꿔놓는다.

루앙프라방에는 근사한 레스토랑이 몇 군데 있다. 외국 여행객을 상대하는 세련된 레스토랑이다. 그곳에서 매일 저녁 느긋하게 식사를 즐겼다. 라오스 현지 음식도 있고, 지극히 표준적인 양식도 있다. 와인 리스트도 그럭저럭 충실하다. 그리고 맛의 수준은 상당히 높은 편이다. 루앙프라방에는 외국인 관광객이 많기 때문에(왜 그런지 거의 백인이고 장기체류자도 많다) 그런 레스토랑을 쉽게 찾아볼 수 있다. 나는 메콩 강에서 잡힌—적어도 메뉴판에는 그렇게 쓰여 있는—생선을 자주 주문했다. 차가운 코코넛 수프와 흰살생선찜(모크)이 단골 메뉴였다.

그런데 아침이 되어 강가에 서는 커다란 새벽시장(교토로 치면 니시키코지 시장. 마을 사람들로 북적인다)을 어슬렁어슬렁 걷다가 가게 앞에 진열된 신선한 생선을 목격하고는 나도 모르게 헉 소리가 나왔다. 그리고 '지금까지 내가 이런 것들을 먹었단 말인가!' 하고 가벼운 충격에 휩싸였다. 메콩 강에서 막 잡혀나온 그 물고기들의 생김새는 평소 일본의 생선 가게에서 보던 것과 너무나 동떨어져 있었다. 그로테스크하다는 표현은 좀 심하지만, 솔직히 말해 '보기만 해도 구미가 당기는' 생김새는 아니다. 전혀 아니다. 그러나 그런 광경을 보지만 않는다면, 맛 자체는 매우 좋다. 이 새벽시장에는 그렇게 '보고 싶은 듯 아닌 듯한' 유의 흥미롭고 와일드한 식재료가 한가득 있다.

어떤 가게에서는 쥐인지 다람쥐인지 모를 꼬치구이를 팔았다. 껍질이 거무스름하고 바삭바삭해 보였다. 쥐가 됐건 다람쥐가 됐건, 혹은 다른 무엇—이를테면 날개를 떼어낸 박쥐라거나—이 됐건 아무튼 먹어볼 마음이 드는 음식은 아니다. 물론 눈 딱 감

호텔에서 먹은 라오스식 디너

고 먹어보면 생선과 마찬가지로 '음, 꽤 먹을 만한데'라는 생각이 들지도 모르지만……

뭐 그건 그렇다 치더라도, 라오스 음식은 꽤 맛있답니다. 베트남 요리와 태국 요리의 딱 중간쯤이라 일본인 입맛에 잘 맞는 편이 아닐까 싶다. 길거리에서 할머니가 파는 '고헤이모치'* 비슷하게 생긴 구운 떡도 옛날 생각이 나서 아주 맛있었다. 길거리 음식을 파는 노점상이 여기저기 늘어서 있다. 갖가지 과일도 싸게 판다. 그런 것들 위주로 먹는다면 가난한 젊은 여행자도 여기서는 꽤 저렴하게 생활할 수 있을 듯하다. 하숙집 같은 간소한 게스트하우스도 많고.

그런데 나는 이번에 일 때문에 간 것이라 죄송하게도(라고 사과할 일은 아니지만) '아만타카'라는 엄청나게 호화로운 리조트 호텔에 묵게 되었다. 원래는 20세기 초 프랑스인이 지은 병원시설이라는데(라오스는 반세기가량 프랑스의 '보호령'이었다), 아름답고 조용하고 더없이 청결하고 고상하며, 녹음이 풍부한 넓은 중정이 있어서 마치 별천지 같은 곳이다. 대형 수영장과 차밍한 레스토랑이 딸려 있다.

---

* 경단 모양의 떡을 꼬치에 꿰어 구운 것.

이 호텔에서는 일주일에 한 번 지역 출신의 뛰어난 연주자를 모아 밤의 수영장에서 숙박객에게 라오스의, 이 지방의 민속음악을 들려준다. 춤도 곁들인다. 보나마나 관광객 대상의 안선 무해한 음악이겠거니 싶어 시큰둥했는데, 막상 들어보니 매우 흥미롭고 진지한 음악이었다(죄송합니다). 악단 맨 앞에는 실로폰 연주자가 있어서, 이 사람은 옥타브 주법(웨스 몽고메리처럼)으로 거의 최면술에 가까운 음계를 연신 쳐나간다. 이것이 주 멜로디다. 그 뒤에 라운드 가믈란 연주자가 자리잡고 카운터(대위) 멜로디를 싱글라인으로 흘려보낸다. 처음에는 주 멜로디와 대위 멜로디가 담담히 조화를 이루어 진행되지만, 가믈란 연주자가 흥이 나기 시작하면서 점점 불협화음 같은 패시지*를 끼워넣는다. 이때부터 '어라' 싶다. 이윽고 그 부조화는 트랜스 상태 비슷한, 어렴풋한 광기마저 발산하게 된다. 멜로디라인이 기분 내키는 대로 난폭하고 도발적으로 진행되는 것 같지만 잘 들어보면 그 저변은 전체적으로 확실하게 주 멜로디를 따라가고 있다. 절대 기본 음계를 벗어나지 않는다. 듣다보니 '이거 꼭 에릭 돌피 같은데?' 하는 생각이 들었다. 그리고 그 불협화음이 절정에 이르렀을 때는 일종의 '귀신' 들린 듯한 섬뜩함마저 느껴졌다. 분

* 주요 멜로디를 연결하는 프레이즈.

열적이라고 표현하면 좋을까, 의식과 무의식의 경계가 흐릿해지는 느낌이다. 고요한 밤의 어둠 속에서 그런 음악에 귀를 기울이며 토착의 저력 같은 것을 뼈저리게 실감했다. 이렇게 깊이 있는 음악과의 우연찮은 만남은 라오스 여행의 한 가지 수확이었다.

나중에 호텔 직원이 말해주었는데, 그 라운드 가믈란(인도네시아의 가믈란과 달리 연주자 주위를 반원형으로 에워싸는 형태다) 연주자는 라오스에서도 다섯 손가락 안에 드는 명인이라고 한다. 나이가 꽤 많아 보이는데도 정정했다. 악기를 연주하지 않을 때면 커뮤니티에서 샤먼(주술사) 역할을 맡는다고 한다. 과연 그럴 법하다 싶었다. 음악과 주술은 분명 어딘가에서 하나의 뿌리로 연결되어 있을 것이다.

그 샤먼 겸 가믈란 연주자가 호텔을 떠나는 나의 손목에, 마치 노래를 부르듯이 긴 주문을 읊으며, 가느다란 흰색 천을 팔찌처럼 감아주었다. 직접 감은 사람은 조수 할머니 둘로 연주 때는 종처럼 생긴 악기를 치며 백코러스를 맡았었다(마치 에릭 클랩튼 뒤에서 노래하는 흑인 여자 코러스처럼). 가무잡잡하고 마른 체구의 그 할머니들은 쌍둥이처럼 꼭 닮았다. 샤먼은 마지막으로 내게 "이것은 무사한 여행을 기원하는 징표이니 사흘 동안은 풀면 안 되네"라고 말했다. 풀려고 해도 풀 수 없어서(어떻게 묶은 걸까?) 사흘 후 도쿄에서 가위로 자르는 수밖에 없었다. 그동안 나는 줄곧 도망나온 동물처럼 손목에 끈을 묶고 도쿄에서 생활했다. 그리고 끈을 볼 때마다 라오스를 떠올렸다.

루앙프라방에서 당신이 해야 할 일은 먼저 사원을 둘러보는 것이다. 사원 호핑. 이런 점은 교토나 나라에 갔을 때와 비슷한데, 이곳은 그 두 도시에 비해 압도적으로 규모가 작으므로 사원 순례가 그리 큰 고행은 아니다. 어디든 대체로 도보로 갈 수 있고, 만약 걷다 지치면 지붕 달린 삼륜택시(툭툭)를 잡아타면 된다(소리는 꽤 시끄럽지만). 유명한 사원을 모두 돌아보는 데 이틀이면 충분하다. 고사 내력을 자세히 해설해주는 가이드 같은 사람과 함께 다니면 편리하겠지만 세세한 역사적 사실과 종교적 배경을 그리 잘 알지 못하더라도, 가이드북을 끼고 혼자서 이런 저런 상상을 하며 돌아다니기만 해도 꽤 즐거울 겁니다. 오히려 그쪽이 자기 페이스대로 움직일 수 있어 더 편할지도 모른다. 가장 중요한 것은—내 개인적인 의견이지만—어쨌거나 시간적인 여유를 가지는 것이다.

루앙프라방의 사원을 느긋하게 도보로 돌아보며 한 가지 깨달은 점이 있다. 즉 '평소(일본에 살 때) 우리는 그렇게 주의깊게 사물을 보지 않는구나'란 사실이다. 우리는 물론 매일같이 여러 가지를 보지만, 그것은 볼 필요가 있기 때문에 보는 것이지, 정말로 보고 싶어서는 아닐 때가 많다. 전철이나 차에서 창밖으로 잇따라 흘러가는 경치를 멍하니 눈으로 좇는 것과 마찬가지다. 무언가 한 가지를 찬찬히 살펴보기에는 우리 생활이 너무나 바쁘다. 진정한 자신의 눈으로 대상을 본다(관찰한다)는 것이 어떤 의미인지조차 차츰 잊어가고 있다.

그런데 루앙프라방에서는 보고 싶은 것을 스스로 찾아내고, 자신의 눈으로 진득하게 시간을 들여 바라봐야 한다(시간 하나는 충분하다). 그리고 그럴 때마다 갖고 있는 상상력을 부지런히 발동해야 한다. 우리가 기존에 지니고 있던 기준이나 노하우를 적당히 끼워맞춰 기계적으로 정보를 처리할 수 있는 장소가 아니기 때문이다. 우리는 다양한 대상을 선입견 없이 관찰하고, 자발적으로 상상하고(때로는 망상하고), 앞뒤를 가늠해 큰 그림을 그리고, 취사선택해야 한다. 평소에 그리 익숙한 습관이 아니다보니 처음에는 조금 피곤할지도 모른다. 그러나 몸이 그곳 공기에 익숙해지고, 의식이 시간의 흐름에 순응해감에 따라 그런 행위가 점점 재미있어진다.

나는 루앙프라방에서 여러 가지를 보았다. 어스름한 가람에 무수히 늘어선 오래된 불상과 나한상, 고명한 승려의 상, 그밖에 정체 모를 갖가지 피겨 중에서 개인적으로 마음에 드는 대상을 찾아내는 것은 매우 흥미로운 작업이었다. 쭉 훑어보고 넘어가면

중정이 보이는 포치에서 한가롭게 독서중

그저 '불상이 엄청 많구나' 하는 감상 정도만 남겠지만, 시간을 생각하지 않고 시선을 집중해 하나하나 찬찬히 바라보다보면 조각상에도 각각의 표정과 정취가 있다는 사실을 알 수 있다.

이따금 마치 나를 위해 만들어진 듯 마음이 가는 상을 만난다. 왠지 반가움 비슷한 감정마저 든다. 그런 상을 만나면 "오호, 네가 이런 데 있었구나"라고 무심코 말을 걸고 싶어진다. 대부분 칠이 벗어지고 표면이 변색되고 귀퉁이가 떨어져나간 것들이다. 개중에는 코나 귀가 아예 사라진 것도 있다. 그러나 그들은 어스름 속에서 불평 한마디 하지 않고, 한눈팔지도 않고, 우기도 건기도 가리지 않고 그저 묵묵히 흐르는 시간을 견뎌온 것이다. 백 년이고 이백 년이고. 나는 그중 몇몇 조각상과 아무런 이유 없이 마음이 통하는 기분이 들었다. 그렇게 다정한 친근감을 안겨주는 분위기는 서유럽의 여느 성당들과는 상당히 다르다고 할 수 있다. 서유럽 성당에는 보는 이를 압도하며 장엄한 기분을 자아내려는 면이 있다. 물론 그것도 그것대로 멋지지만, 라오스의 사원에서는 '위에서 내려오는 압도적인 힘' 같은 것이 엿보이지 않는다.

자세한 내막은 잘 모르겠지만 라오스 사람들은 무슨 일이 있으면 사원에 조각상을 봉납하는 모양이다. 부자들은 크고 근사한 상을 바치고, 그렇지 않은 사람들은 작고 소박한 상을 바친다. 그것이 이 나라에서는 신앙심의 발로인 듯하다. 그렇다보니 매우 많은 수의 불상과 조각상이 사원에 모여든다. 그리고 잘 찾아보면, 이유는 잘 모르겠지만, 그중에 나와 개인적으로 이어져 있(다고밖에 보이지 않)는 조각상이 엄연히 존재하는 것이다. 그래서 나는 그곳에서 나 자신의 파편 같은 것을—남아도는 시간과 스스로의 상상력으로—조금씩 주워모을 수 있다. 왠지 신기한 기분이다. 세상이란 이루 말할 수 없이 넓은데, 동시에 또한 내 발로 걸어서 돌아볼 수 있을 만큼 아담한 장소이기도 한 것이다.

루앙프라방의 특징 중 하나는 어디에나 이야기가 넘쳐난다는 것이다. 대부분 종교적인 이야기다. 사원 벽 곳곳에 이야기를 담은 듯한 그림들이 가득 그려져 있다. 하나같이 왠지 모르게 신비롭고 의미심장해 보인다. "이 그림은 무슨 뜻인가요?"라고 마을 사람들에게 물으면 다들 "아, 이건 말이죠" 하며 기꺼이 유래를 설명해준다. 전부 아주 재미있는 이야기(종교적 설화)들이지만, 내가 가장 놀란 점은 그렇게 수많은 이야기를 모든 사람이 정확하게 알고 있다는 것이었다. 바꿔 말해 그 많은 이야기가 사람들의 의식 속에 집합적으로 저장되어 있는 셈이다. 그 사실이 무엇보다 나를 감동시켰다. 그런 식으로 저장된 이야기를 바탕으로 커뮤니티가 만들어지고, 사람들이 지연으로 확고하게 묶여 있다는 사실이.

'종교'라는 것을 정의하기란 매우 어려운 일이지만, 그렇게 고유한 '이야기성'이 세계 인식의 틀로 기능하게 하는 것도 종교에 주어진 하나의 기본 역할이라 할 수 있으리라. 당연한 얘기지만 이야기가 없는 종교는 존재하지 않는다. 그리고 그것은 (본래는) 목적이나 중개자의 '해석'을 필요로 하지 않는 순수한 이야기여야 한다. 왜냐하면 종교란 규범과 사유의 원천인 동시에, 아니 그 이전에, 이야기의(바꿔 말해 유동하는 이미지의) 공유행위로서 자생적으로 존재해왔을 테니까. 요컨대 그것이 자연스럽게, 무조건적으로 사람들 사이에 공유되는 것이 영혼을 위해 무엇보다 중요하기 때문이다.

나는 루앙프라방의 사원을 돌아보며 자못 깊이 이런 생각들을 했다. 사색이라고 할 정도는 아니지만, 나도 모르게 머리가 자꾸 그런 쪽으로 흘러갔다. 아마도 시간이 남아돌아서였을 것이다.

뒷골목에 있는 아주 작은 절에 들어가보니 고승에게 바나나 비슷한 것을 공손하게 바치는 작은 원숭이상이 있었다. 어쩌면 바나나가 아닐지도 모르겠다. 아무튼 정글에서 땄을 법한 먹을거리다. 원숭이상이 워낙 드문데다 매우 애교스럽고 귀여운 생김새라 마을 사람에게 "이건 무슨 이야기인가요?" 하고 물어보았다. 그가 들려준 이야기에 따르면, 이 고승은 밀림 속에서 엄격한 단식 수행을 하고, 덕분에 깨달음을 얻어 성인의 경지에 다

다르기 직전이었다. 그런데 그 모습을 본 원숭이가 '이렇게 훌륭하신 스님이 굶주리다니 안타깝다'며 심히 동정해서 바나나(인지 뭔지)를 들고 다가가 "스님, 이걸 드세요"라며 내밀었다는 것이다. 물론 고승은 고맙다고 인사하고는 정중히 거절했다. 단식이 무슨 의미인지 원숭이 입장에서는 이해할 수 없었던 것이다(나도 사실은 잘 모르겠지만). 그나저나 기특한 원숭이죠. 그래서 그 스님은 무사히 성인이 되었을까? 그것까지는 물어보지 않아서 잘 모르겠습니다.

어쨌거나 나는 그 원숭이상이 몹시 마음에 들어서 몇 번이고 그 작은 절을 찾아가 여러 각도에서 원숭이의 모습을 바라보았다. 아마도 시간이 남아돌아서였을 것이다. 경내에는 언제나 큰 개 두세 마리가 여기저기 널브러져 낮잠을 자고 있었다. 개에게도 시간은 넘쳐나는 모양이었다.

내가 만난 이곳 사람들은 하나같이 상냥하고 온화한 언동에 목소리도 작으며, 신앙심이 독실해 탁발하는 스님에게 음식을 기꺼이 시주한다. 동물을 소중히 여기므로 길가에는 수많은 개와 고양이가 느긋하게 자유를 만끽하고 있다. 아마 스트레스 같은 것도 없으리라. 개들은 표정이 순하고 거의 짖지도 않는다. 기분 탓인지 꼭 미소짓는 것처럼 보이기도 한다. 길모퉁이에는 아름다운 부겐빌레아가 풍부한 분홍빛 폭포처럼 만발해 있다.

그러나 외곽으로 조금만 나가면 진흙탕처럼 탁한 물이 사납게 흘러가는 메콩 강이 있고, 밤의 어둠 속에 울려퍼지는 래디컬한 토착 음악이 있다. 검은 원숭이들이 밀림을 점령하고, 강물 속에는 우리가 본 적도 없는 희한한 물고기가 (아마도) 우글우글 숨어 있다.

루앙프라방 한복판에 있는 푸시 언덕에 오르면(328개의 가파른 계단을 올라가야 하지만) 짙푸른 밀림 사이로 굽이치며 흘러가는 메콩 강을 저멀리까지 내려다볼 수 있다. 여기서 조망하는 강은 강가에서 볼 때와 상당히 다른 인상이다. 석양을 받아 황금빛으로 반짝이는 그 물결은 사람의 마음을 곱게 어루만진다. 그곳에서는 시간의 흐름이 걸음을 늦춘 듯한 고요함이 느껴진다. 황혼이 내려앉고, 이윽고 불탑 위로 하얀 별이 반짝인다. 물고기들도 강바닥에서 잠을 청한다(만약 메콩의 물고기들이 밤에 수면을 취한다면 말이지만).

"라오스(같은 곳)에 대체 뭐가 있는데요?"라는 베트남 사람의 질문에 나는 아직 명확한 대답을 찾지 못했다. 내가 라오스에서 가져온 것이라고는, 소소한 기념품 말고는 몇몇 풍경에 대한 기억뿐이다. 그러나 그 풍경에는 냄새가 있고, 소리가 있고, 감촉이 있다. 그곳에는 특별한 빛이 있고, 특별한 바람이 분다. 무언가를 말하는 누군가의 목소리가 귓가에 남아 있다. 그때의 떨리던 마음이 기억난다. 그것이 단순한 사진과 다른 점이다. 그곳에만 존재했던 그 풍경은 지금도 내 안에 입체적으로 남아 있고, 앞으로도 꽤 선명하게 남아 있을 것이다.

그런 풍경들이 구체적으로 어떤 쓸모가 있을지는 아직 알 수 없다. 결국은 대단한 역할을 하지 못한 채 한낱 추억으로 사라져버릴지도 모른다. 그러나 원래 여행이란 그런 것이 아닐까. 인생이란 그런 것이 아닐까.

야구와
고래와
도넛

보스턴2

B O S T O N II

한때 주민의 한 사람으로 일상생활을 보내던 곳을 세월이 한참 흐른 후 여행자로 다시 방문하는 기분은 제법 나쁘지 않다. 그곳에는 당신의 몇 년 치 인생이 고스란히 잘려나와 보존되어 있다. 썰물이 진 모래사장에 찍힌 한 줄기 발자국처럼, 선명하게.

그곳에서 일어났던 일, 보고 들은 것, 그때 유행했던 음악, 들이마신 공기, 만났던 사람들, 주고받은 대화. 물론 개중에는 즐겁지 않은 일과 슬픈 일도 있을지 모른다. 그러나 좋았던 일도, 그다지 좋다고 할 수는 없는 일도 모두 시간이라는 소프트한 포장지에 싸여, 당신 의식의 서랍 속에 향주머니와 함께 고이 담겨 있다.

내가 살던 곳은 사실 보스턴에서 찰스 강을 끼고 맞은편에 위치한 케임브리지 시지만, 이 두 도시는 거의 하나의 생활권으로 연결되어 있다. 겨울이 되어 강물이 얼어붙으면 장소에 따라서는 걸어서 건너갈 수도 있을 정도다(말은 그래도 좀처럼 걸어서 건너볼 마음은 안 들지만).

보스턴은 매력적인 도시다. 규모가 너무 크지도 너무 작지도 않다. 역사가 오래되었지만 결코 고리타분하지 않다. 과거와 현재가 절묘하게 공존하고 있다. 활력이나 문화의 다양성, 엔터테인먼트의 풍부한 선택지로 따지면 뉴욕만 못하고, 샌프란시스코처럼 스펙터클한 전망도 없지만, 보스턴에는 그곳에서만 느낄 수 있는 독자적인 분위기가 있고 독자적인 문화가 있다. 마치 보스턴 심포니가 다른 어떤 오케스트라와도 확연히 구별되는 특별한 소리를 내는 것처럼(그러고 보니 내가 살던 무렵에는 오자와 세이지 씨가 아직 그 교향악단의 음악감독을 맡고 있었다).

보스턴에서는 내리쬐는 햇볕의 느낌도 다른 곳과 묘하게 다르고, 시간도 특별한 방식으로 흐른다. 빛은 약간 비스듬하게 쏟아지고, 시간은 약간 변칙적으로 흐르는…… 것처럼 보인다.

별로 아름다운 얘기가 아니라서 죄송하지만, 한번은 보스턴 레드삭스의 홈구장 펜웨이 파크 근처에 있는 스포츠 바에서 생맥주(당연히 새뮤얼 애덤스)를 마시고 화장실에 갔다. 그런데 소변기 안에 뉴욕 양키스 마크가 새겨진 플라스틱 탈취제가 놓여 있었다. '이 위에다 소변을 보시오'라는 뜻이다(일단 보긴 했습니다만). 이 지역 성향은 그렇다. 일부러 그런 탈취제를 만들어서 당당히 판매하는 것이다. 생각하면 할수록 대단하단 말이죠. 그래서 사람들은 이 일대를 '레드삭스 네이션'이라고 부른다. 길을 오가는 사람들 대부분이 레드삭스 모자를 쓰고 있다. 거의 신앙고백 수준이다. 밤이 되면 시내의 모든 바에서 레드삭스 경기 중계방송을 틀고, 사람들은 고래고래 소리지르며 일희일비한다.

그렇다면 뉴욕 사람들도 레드삭스 마크에다 소변을 볼까? 단언컨대 그런 일은 없을 것이다. 그들은 보스턴 시민이 양키스를 눈엣가시로 여기는 정도에 비할 만큼 레드삭스를 특별하게 생각하진 않는다. 둘 사이에는 상당한 심리적 격차가 있다. 뉴요커에게 보스턴은 그저 뉴욕 외 '기타 여러' 도시 중 하나에 불과하다. 그러나 보스턴 시민에게 뉴욕 양키스란…… 어찌 보면 한신 타이거스와 요미우리 자이언츠*의 관계와 흡사할지도 모르겠다.

어쨌거나 보스턴을—혹은 그 중요한 일부를—알고 싶다면, 당신은 펜웨이 파크부터 가봐야 한다. 운이 좋으면 표를 구할 수 있을 것이다. 그러나 안타깝게도 펜웨이 파크에서 열리는 경기

* 각각 효고 및 오사카와 도쿄를 연고지로 하는 일본의 프로야구단.

보스턴 레드삭스의 홈구장 펜웨이 파크

들은 거의 매진이다. 인터넷에서 표를 구하는 방법이 있지만 꽤 높은 프리미엄이 붙는다. 여하튼 인기 구장이다. 특히 양키스전이라도 열리면 헉 소리가 나올 정도로 가격이 치솟는다. 나는 연간회원권을 몇 장 갖고 있는 훌륭한 지인이 한 사람 있어서 그에게 자주 신세를 졌다. 더없는 행운이었다.

경기 관전까지는 어려울지 몰라도 구장견학 투어 참가는 비교적 간단하다. 이 구장의 냄새를 맡아보는 목적만으로도 투어를 신청할 가치가 충분하다고 본다. 뭐니뭐니해도 현재 미국에서 가장 오래된, 유서 깊은 야구장이니까. 이 구장이 신설되고 처음으로 빅 리그 게임이 개최된 것은 지금으로부터 백 년도 더 전인 1912년 4월 20일이었다. 그런데 불행하게도 그 며칠 전 호화 여객선 타이타닉호가 침몰하고 말았다. 이 비극적인 참사 때문에, 신문들은 기념비적인 오프닝 경기를 너무도 소소한 선에서만 다루고 넘어가버렸다. 원래라면 당당히 1면을 장식했어야 할 빅뉴스인데…… 레드삭스 관계자는 이에 매우 실망했으며, 그로부터 한 세기가 지난 지금도 여전히 화를 내고 있다. 하필이면 왜 그렇게 특별한 순간에, 별것도 아닌 빙산에 가서 부딪쳐야 했느냐고.

별것도 아닌 빙산.

가보면 알겠지만, 펜웨이 파크는 모든 의미에서 평범하지 않은, 특이한 구장이다. 대도시 한복판의 좁은 공원에다 상당히 억지로 구겨넣은 듯한 모양새라 답답한 느낌을 지울 수 없다. 전체적으로 비대칭인 구조, 덕분에 생겨난 그 유명한 그린 몬스터, 고풍스러운 철골(관중석 곳곳에 사각지대를 형성한다), 굴곡이 많은 외야라인(당연히 수많은 불규칙 바운드를 낳는다), 고소공포증인 사람이라면 등줄기가 서늘해질 만큼 가파른 2층석, 파울볼이 위험하게 직격하는 내야석(백네트 말고는 펜스라고 할 만한 것이 없어서 공이 숱하게 관중석으로 날아든다). 하드웨어의 이런 특이점 못지않게 소프트웨어 쪽도 매우 색다르다. 8회 말에 모든 관객이 즐겁게 합창하는 닐 다이아몬드의 오래된 (게다가 의미를 알 수 없는) 히트송, 납작한 모양의 핫도그, 미식축구 쿼터백처럼 멀리서도 손님에게 포테이토칩 봉지를 정확히 패스하는 상인들. 신기하게도 이 야구장의 그런 광경이며 풍습, 분위기가 일단 몸에 배어버리면 다른 구장은 밋밋하고 싱겁게만 느껴진다.

더욱 신기한 것은 맥주 판매대다. 펜웨이에는 관중석을 오가며 맥주를 파는 상인이 없기 때문에 혹시 마시고 싶어지면—거의 모든 경우 마시고 싶어진다—직접 판매대까지 걸어가서 사오는 수밖에 없다. 시원한 새뮤얼 애덤스 드래프트를 사들고 흘리지 않게 조심하며 자리로 돌아온다. 그런데 그럴 때마다 반드시 ID카드를 보여줘야 한다. 나 같은 사람은 아무리 해도 스물한 살아래로는 안 보일 텐데, 그래도 안 된다. 자주 함께 관전을 가는 빌 역시 벌써 일흔 살이 다 됐는데도(그리고 머리가 홀링 벗어졌는데도), 게다가 반세기 가까이 이 구장을 찾으며 상인들과도 친해져서 서로 퍼스트 네임으로 부르는데도, 매번 꼬박꼬박 ID카드를 꺼내서 보여준다.

"왜 그래요?" 빌에게 물어보자 고개를 갸웃하며 "글쎄, 잘 모르겠는데. 그냥 옛날부터 그랬어"라고 대답했다. 그 말을 듣고 생각해보니 보스턴에는 '잘 모르겠는데, 그냥 옛날부터 그랬던' 것이 꽤 많은 듯하다. 그런 면도 보스턴이라는 도시의 한 가지 매력이 아닐까 싶다.

참, 던킨 도너츠도 보스턴 쪽에서 유독 편애받는 것 중 하나다. 당연히 이 도시에도 수많은 스타벅스가 존재한다. 그러나 완고한 보스턴 시민들은(정도의 차이는 있지만 대부분 완고하다) 길을 가다 문득 커피를 마시고 싶어지면 스타벅스보다 던킨 도너츠에 들어가는 쪽을 선호하는 것 같다. 비록 남녀 종업원들의 태도가 친절과는 거리가 멀고, 커피 맛이 그다지 인상적이라고도 할 수 없고, 의자와 탁자, 조명기구는 미니멀리즘의 극치를 달리고, 인터넷 환경 같은 개념에서 이렇다 할 배려를 찾아볼 수 없을지라도. 그래도 그들은 스타벅스가 아닌 던킨 도너츠의 충

미국에서 가장 오래된 야구장의 필드에서

실한 고객으로 남기를 원한다. 대체 이유가 뭘까? 빌에게 물어보면 틀림없이 "글쎄, 잘 모르겠는데, 그냥 옛날부터 그랬어"라고 대답하겠지.

뉴욕에 가거나 도쿄에 머물 때는 나 역시 곧잘 스타벅스에 들어가 커피를 마신다. 딱히 스타벅스에 개인적으로 반감이 있는 건 아니라는 겁니다. 이 점은 알아주십시오. 그런데 보스턴에 있을 때만은 항상 다리가 지극히 자연스럽게 던킨 도너츠 로고 쪽으로 향한다. 그곳에서 얼굴을 찡그리며 뜨거운 커피를 마시고, 도넛을 베어물고, 〈보스턴 글로브〉를 펼쳐 어젯밤의 경기 결과를 확인한다. 왜냐하면 무엇보다도 그곳은 보스턴이고, 던킨 도너츠는 '보스턴 스테이트 오브 마인드(보스턴다운 마음가짐)'의 중요한 일부이기 때문이다. 그러다 나중에는 "화이트초콜릿 윈터 차이 그란데? 흥" 하는 소리까지 나오게 되는 것이다.

케임브리지에 살 때는 매일 아침 찰스 강변을 달렸다. 겨울에는 강가에 눈이 두껍게 얼어붙어 달리기가 거의 불가능해진다. 드디어 봄이 찾아와 지면에 단단하게 들러붙어 있던 얼음이 녹고 강기슭의 풀이 파릇파릇 싹을 틔우는가 싶으면, 캐나다 거위(캐나디안 구스)들이 하늘에 V자 대형을 그리며 남쪽에서 돌아온다. 그리고 납작한 발로 강가를 뒤뚱뒤뚱 돌아다닌다. 우리는 그 눈치 없는 거위들을 걷어차지 않도록 주의하며 강가의 산책길을 달려야 한다. 우리가 열심히 달리는 것과 마찬가지로(혹은 훨씬 더 진지하게) 그들도 열심히 길가의 풀을 뜯어먹는다. 서로 다른 두 종류의 생활방식이 찰스 강변의 산책로에서 숙명적으로 교차한다.

거위 무리에서는 교대로 파수꾼이 망을 본다. 다함께 식사하는 동안 두 마리 정도는 먹고 싶은 마음을 꾹 참고, 머리를 감시탑처럼 쭉 뽑고는, 주위를 둘러보며 무리에 해를 끼칠 만한 것이 없는지 확인한다. 누군가 수상쩍은 대상이 다가오면 "꽤액, 꽥!" 울어대며 친구들에게 경고를 보낸다. 어떤 순서로 파수꾼 역할을 정하는지는 알지 못한다. 우두머리가 "야, 네가 해"라고 지명하는 걸까, 아니면 암묵적으로 자연스럽게 순서가 정해지는 걸까? 어디서 조사해봐야겠다고 생각만 하고는 어느새 이십 년이 훌쩍 지나가버렸다. 이십 년쯤은 정말로 눈 깜짝할 새다.

뭐, 아무렴 어떠랴. 그것이 인생인데(세 라 비).

만약 보스턴에서 더는 할 일이 없다면(야구도 봤고, 미술관도 다녀왔고, 하버드 대학도 구경했고……), 그리고 화창하고 기분 좋은 봄날이라면, 고래 관광을 가는 것도 나쁘지 않은 생각일 것이다. 모자와 수영복과 물병을 챙겨 배에 오른다. 최대한 서둘러

보스턴 항으로 가서 제일 먼저 앞자리를 차지하는 것이 포인트다. 뱃머리가 가장 좋은 자리랍니다.

나는 이 보트를 타고 난생처음 살아 있는 고래의 실물을 봤는데, 아무리 바라봐도 싫증나지 않았다. 저렇게 거대한 생물이 위장을 꽉 채우려면 엄청나게 많은 물고기를 먹어야겠구나 실감이 든다. 고래는 하루를 거의 고스란히 포식 작업에 소비한다. 살기 위해 쉼 없이 먹는다고 할까, 쉼 없이 먹기 위해 산다. 말러의 심포니도 듣지 않는다. 예약녹화도 하지 않는다. 연하장도 쓰지 않는다. 트위터도 소개팅도 (아마) 하지 않는다. 정기검진도 안 받는다. 물론 소설도 쓰지 않는다. 고래들에게는 그렇게 한가롭게 굴 여유가 없으니까.

그래서 나는 배 갑판에서 고래들을 구경하며 적잖이 철학적 성찰에 빠져든다. 우주적 견지에서 보면 그들의 생활방식과 우리 생활방식에 본질적으로 얼마나 큰 차이가 있을까? 보스턴 앞바다에서 무심히 정어리 떼를 쫓는 것과 말러 교향곡 9번을 집중해서 듣는 것의 의미가 얼마나 다르다고 할 수 있을까? 모든 것은 하나의 빅뱅과 또다른 빅뱅 사이의, 덧없는 일취지몽에 불과하지 않을까.

시야가 탁 트인 북대서양 위에서 이렇듯 장대한 성찰에 푹 빠져보고 싶다면 고래 관광을 강력히 추천합니다. 물론 그런 건 알

바 아니다, 갑판에서 바닷바람을 맞으며 검고 매끄러운 고래의 몸뚱어리가 물속에 잠겼다가 수면으로 나오며 물보라를 뿜어내는 모습을 바라보기만 해도 충분히 즐거울 것이다, 하는 분에게도 추천합니다.

그리고 굳이 말할 필요도 없겠지만, 신선한 해산물을 먹으러 가는 것 역시 당신이 보스턴에 왔을 때 체크리스트에서 상당히 위쪽에 놓아야 할 항목이다. 해변의 노스엔드로 가면 수준 높은 시푸드 레스토랑이 줄줄이 늘어서 있다. 특히 조개류가 일품이다. 구마모토 오이스터라는 작은 굴과 이 지역에서 잡히는 체리스톤이라는 조개를 개인적으로 추천합니다. 여러 명이 함께 가서 큰 접시 가득 주문하면 좋다. 테이블에 신선한 바다 내음이 물씬 풍긴다. 그 위에 레몬즙을 뿌린다. 그리고 차갑게 식힌 '스택스 립' 샤르도네를 주문한다.

오후 나절에 느긋하게 이런 식사를 즐기다보면 '인생의 미스터리니 다음번 빅뱅이니 알 게 뭐냐, 그냥 내버려두면 그만이지' 하는 기분이 든다.

하긴, 정말로 그냥 내버려둬도 될 일 같군요.

하얀 길과
붉은 와인

토스카나(이탈리아)

T O S C A N A

1980년대 후반, 띄엄띄엄이나마 이삼년 로마에 살았다. 시내에 있는 아파트를 빌려서(조금이라도 나은 환경을 찾아 세 곳쯤 돌아다녔다) 소설을 썼다. 작가라는 직업의 이점은 뭐니뭐니 해도 펜과 종이만 있으면 (대체로) 전 세계 어디서나 일할 수 있다는 것이다. 컴퓨터와 인터넷, 휴대전화, 페덱스도 아직 일반적이지 않던 시절이라 이래저래 일상적으로 불편한 점이 많았다. 우편물을 제때 받기조차 여의치 않았다. 그러나 어느 정도 익숙해지고 '원래 이런 거지 뭐'라는 각오가 생기고 나니 그런 불편함도 나름대로 나쁘지 않았다. 로마에 살다보면 일본은 지구 반대편에 있는 머나먼 이국이나 마찬가지가 된다. 일본에 남겨두고 온 갖가지 일들은 망원경을 거꾸로 들여다볼 때처럼 작고 희미해서 잘 보이지 않는다. 그런 땅에서 나는 집중해서 장편소설 『노르웨이의 숲』과 『댄스 댄스 댄스』를 쓰고, 한 권 분량의 단편소설을 썼다.

로마에 살면서 가장 즐거웠던 것은 로마를 떠날 때였다……라고 하면 로마에 좀 미안하지만, 솔직히 말해 로마라는 도시는 관광객으로 구경하기에는 아름다운 곳이나 실제로는 굉장히 어수선하고 주택 사정도 만만치 않아서 정착하고 살기에 적합한 환경이라 말하기는 어려웠다. 그래도 이런저런 사정상 로마에 터전을 잡게 되었다. 그래서 나는 큰맘 먹고 차를 구입해, 틈나는 대로 이 혼란스러운 대도시를 벗어나 기분전환 삼아 이탈리아의 아름다운 시골을 내키는 대로 여행하기로 했다. 란치아 델타 1600GT, 명디자이너 주자로가 디자인한 아름다운 차라서 타고 있기만 해도 행복했다. 운전대를 놓으면 혼자 슬금슬금 왼쪽으로 돌아가고, 정차 상태에서 방향을 바꾸려면 괴력이 필요하며, 수동 기어변속기는 툭하면 말썽을 일으켰지만, 그럼에도 (더더욱) 애착이 가는 매력적인 자동차였다. 이탈리아 차에는—또한 이탈리아라는 나라 자체에도—그런 매력이 있다. 그 차로 토스카나의 완만한 구릉지를 드라이브하는 것은 더없는 행복이었다.

왜 토스카나인가? 우리(나와 아내)가 토스카나를 자주 찾았던 이유는 두말할 것 없이 맛있는 와인을 사기 위해서였다. 토스카나의 작은 마을을 돌아보고, 양조장에 들러 마음에 드는 와인을 잔뜩 사들인다. 그리고 마을 레스토랑에 가서 맛있게 식사를 한다. 작은 여관에 묵는다. 그렇게 일주일쯤 정처 없이 여행하면서 차 트렁크를 와인으로 가득 채워 로마로 돌아온다. 그리고 나는 다시 한동안 책상 앞에 앉아, 와인 잔을 기울이며, 꼼지락꼼지락 소설을 써나간다. 그렇게 몇 년을 보냈다.

멋진 삶이다 싶죠? 음, 확실히 멋진 삶이었다. 막상 이탈리아에서 생활하려니 온갖 현실적인 문제들이 말 그대로 꼬리를 물며—흡사 롤플레잉 게임처럼—닥쳐왔지만(지금 생각해도 한숨이 절로 나온다), 그것을 메우고도 남을 만큼 아름다운 시간 역시 당시의 나날에 포함되어 있었던 것 같다. 인생 본연의 자유로움, 한마디로 표현하면 그 정도일까. 그것은 일본에서는 좀처럼 맛볼 수 없는 종류의 자유로움이었다.

이탈리아에서 쓴 단편소설 중 한 편에 이런 지방도시 여행의 에피소드를 담았다. 주인공은 토스카나 북서부 루카에서 우연히 학창 시절 친구를 만난다. 루카는 중세의 성벽으로 둘러싸인 아름다운 도시다. 푸치니가 태어났고, 쳇 베이커가 마약 소지죄로 교도소에 들어간 곳이기도 하다(이상한 조합). 고등학교 때 같은 반 친구였던 두 사람은 뜻밖의 장소에서의 재회에 놀라면서, 함

토스카나 지방의 전형적인 풍경

께 레스토랑에 들어가 난롯불 앞자리에서 포르치니(산새버섯) 요리를 먹고, 1983년산 콜티부오노 레드와인을 마신다. 그리고 이런저런 추억담을 나눈다. 주인공이 예전에 사귀었던 소녀가 화제에 오른다. 그러다 조금 놀라운 사실이 밝혀진다. 아마도 그런 이야기였을 것이다(벌써 이십 년 넘게 지나서 자세한 내용은 잘 기억나지 않지만). 콜티부오노라는 고유명사를 밝힌 까닭은 실제로 내가 로마에 살 때 이 토스카나 와인을 즐겨 마셨기 때문이다.

그 작품은 일본에서 발표되고 얼마 후 이탈리아어로도 번역되었는데, 콜티부오노를 만드는 와이너리의 여주인인 에마누엘라 스투키 프리네티 씨가 우연히 소설을 읽고서 친절하게도 내 도쿄 주소로 1983년산 콜티부오노를 몇 병 보내주었다. '우리 와인을 좋게 써주셔서 대단히 감사합니다'라는 메시지와 함께. 물론 감사히 잘 마셨다. 1983년은 키안티 클라시코*에서 베스트까지는 아니어도 상당히 양호한 축에 드는 해라고 한다.

이번 취재로 실로 오랜만에 토스카나를 찾게 되어(게다가 와이너리 취재로) 에마누엘라 씨에게 편지를 보내 혹시 댁의 와이너리를 취재해도 되겠느냐고 여쭤보았다. '물론 되고말고요. 기꺼이 환영합니다. 숙박시설도 있으니 괜찮으면 우리집에서 묵

---

* 와인 산지로 유명한 키안티 지역에서도 토양과 기후 조건이 좋은 곳.

으세요. 같이 식사하고 맛있는 와인도 마셔요'라는 답장이 왔다. 정말 멋진 일이다.

나와 카메라맨과 편집자는 피렌체 공항에서 렌터카를 빌렸다. 에이비스 측에 미리 '알파 로메오 미드사이즈를 원한다'고 요청해뒀는데, 어찌된 영문인지 실제로 받은 차는 피아트 500L이라는 소형차였다. 뭐, 공항 렌터카 사무소에서는 흔히 있는 일이다. 카운터를 보던 여직원이 메마른 목소리로 "디젤 1300이에요"라고 딱 잘라 말했다. "디젤 1300?" 나는 고개를 갸웃거리지 않을 수 없었다. 1300cc 디젤차가 어른 세 사람과 여행가방, 게다가 촬영 기자재까지 싣고서 토스카나 산길을 무사히 달릴 수 있을까?

결론부터 말하자면, 이 피아트 500L은 생각 외로 우수한 차였다. 말하자면 신형 친퀘첸토의 확장판인데, 수동 기어변속기가 찰칵찰칵 매끄럽게 움직여서 부지런히 기어를 바꾸면 절대적인 파워 없이도 그런대로 재미있고 유쾌하게 달릴 수 있다. 오호, 역시 이탈리아 도로에는 이탈리아 차가 제격이군, 하고 감탄하며 토스카나의 구불구불한 비포장도로를 누볐다. 뒤에서 BMW나 메르세데스가 돌진해오면 '예예, 먼저 가시죠' 하며 양보해주었지만 그래도 유쾌함에는 변함이 없다. 철가면 같은 독일 차가 추월하든 말든 상관없다.

토스카나의 비포장도로를 '라 스트라다 비안카(하얀 길)'라고 하는데, 이 이름에는 물론 이유가 있다. 도로에 희고 고운 모래 먼지가 일어서 한나절만 달려도 차가 새하얘져버리기 때문이다. 토양에 석회질 비율이 높은 탓이다. 주차되어 있는 차들도 하나같이 새하얗다. 세차해봤자 어차피 금방 다시 하얘지니까 보통 다들 그 상태로 놔둔다. 그런 광경도 토스카나답고 멋있다. 또한 그런 독특한 토양은 질 좋은 산조베세 포도와 올리브 열매가 실하게 여무는 데 일조한다.

에마누엘라 씨의 와이너리 '바디아 아 콜티부오노'는 키안티 클라시코 지구 남부의 해발 650미터 산속에 있다. 유명한 키안티 지구에서도 가장 전통적인 와인이 만들어지는, 그야말로 심장부라고 할 만한 곳이다. 이 건물은 본래 메디치가의 비호를 받던 큰 수도원이었는데, 나폴레옹전쟁 전후로 몰락해서 민간의 손에 넘어가 와이너리로 개장되었다. 그때가 1846년이다. 그후로 꾸준히 와인이 만들어지고 있다. 그런데 어두운 지하 창고에 연대순으로 늘어선 와인 병 중 가장 오래된 것이 1937년산이었다. 왜 그런가, 그전에 생산한 와인은 보관하지 않느냐고 물어보니 에마누엘라 씨는 약간 그늘진, 그러나 체념한 듯한 표정을 지으며 "그보다 오래된 와인은 점령군 병사들이 다 마셔버렸어요"라고

1949년산 빈티지 와인

말했다. 독일군인지 미국군인지 물어보지는 않았지만(양쪽 다일지도 모르고), 전쟁이란 참 언제 어디서나 피해 막심이군요. 하긴 이 마을은 아주 옛날부터 시에나와 피렌체라는 두 대도시가 격렬한 세력 다툼을 벌인 곳이고, 그때마다 말려들어 큰 피해를 입었으니 어느 정도 전쟁에 익숙했을지도 모르지만.

에마누엘라 씨는 창고 선반에서 내가 태어난 해인 1949년산 와인을 꺼내 특별히 선물해주었다. 병은 오랜 세월—요컨대 내 나이만큼의 시간—을 거치며 먼지와 곰팡이로 뒤덮여 있었지만, 역사의 무게 같은 것을 느낄 수 있었다. 소중히 도쿄로 가져왔다. 기쁜 동시에 이렇게 귀한 와인을 대체 언제 어떤 상황에서 따면 좋을지 꽤 심각하게 고민된다. 뭐, 그거야 천천히 생각해보죠. 분명히 조만간 멋진 기회가 찾아올 것이다. 참고로 1949년은 제법 좋은 와인이 나온 해였던 모양이다. 다행이다. 만약 말도 안 되는 흉작이었다면 나도 매우 낙심할 뻔했다.

밤에는 유명한 키아니나 소의 갈비 부위를 오픈파이어 난로에 통째로 구운 음식을 대접받았다. 그 유명한 '비스테카 알라 피오렌티나'*다. 속이 아직 붉은 상태에서 크고 잘 드는 칼로 쓱쓱 잘라 접시 가득 담는다. 그리고 이 지역에서 수확한 신선한 채소와

* 피렌체 지방의 전통요리로, 이탈리아식 티본스테이크.

버섯. 에마누엘라 씨 말고도 볼로냐 대학에서 영화학을 공부한다는 핸섬한 아드님 레오나르도(우리는 식사를 하면서 영화 얘기를 나눴다)와, 얌전한 래브라도 개 트렌디도 함께했다. 고요하기 그지없는 토스카나 산속, 밖에는 이미 칠흑 같은 어둠이 내려앉았다. 그리고 드높은 아치형 천장 아래, 종교적인 벽화로 둘러싸인 옛 수도원의 한 방에서 불길에 지글지글 육즙이 떨어지는 소리를 들으며 깊은 음영을 드리운 콜티부오노 잔을 기울이자니, 마치 역사의 흐름에 섞여든 듯 뭐라 형용할 수 없는 고즈넉한 기분에 젖어들었다.

이 주위에는 아직 곳곳에 풍요로운 자연이 남아 있다. "지난번에 근처 숲을 산책하다 이리를 만났지 뭐예요. 자주 있는 일은 아니지만" 하고 에마누엘라 씨가 말했다. 그래서 집 주변을 산책할 때도 개를 꼭 데려가야 한다(밴대나를 두르고 아오야마 언저리를 돌아다니는 래브라도와는 역할이 확연히 다르다). 바로 옆 도로에서도 우리 차 앞으로 시커먼 멧돼지 가족이 가로질러갔다. 먼저 부모가 부리나케 도로를 건너고, 그 뒤를 따라 새끼 몇 마리가 고꾸라질 것처럼 필사적으로 뛰어갔다. 그런 유머러스한 광경을 차 안에서 구경하는 것이야 재밌었지만 만약 숲에서 갑자기 맞닥뜨리면 꽤 무섭겠다고 상상해본다. 참고로 멧돼지(친기알레) 요리도 토스카나의 명물 중 하나다. 이 지역에서 잡은 신선한 식재료를 사용한 지비에* 요리에는 깔끔하고 진한 키안티 클라시코가 잘 어울린다. 살짝 타닌 성분이 강한 듯한 뒷맛이 풍부한 육즙과 어우러져 감칠맛을 낸다. 그렇구나, 키안티 와인은 본래 이런 향토요리와 즐겨야 하는 술이구나, 하고 새삼 납득했다. 이 지방에서 생산되는 와인 대부분이 레드와인인 이유도 이해가 갔다.

에마누엘라 씨는 그 유명한 메디치가의 혈통을 이어받았다고 하는데, 외모와 자태에서도 어딘지 모르게 귀족적인 분위기가 풍기는 분이었다. 진취적인 기상이 넘치는 와인 양조자이기도 하다. 일본을 좋아해서 몇 번이나 방문했었다고 한다.

시간 여유를 갖고 기분 내키는 대로 키안티 지역을 자동차로 돌아보는 것은 멋진 경험이다. 약간 과장해서 말한다면, 그 경험은 당신의 인생에서 한 가지 하이라이트가 될 수도 있다. 남쪽으로 완만하게 비탈진 구릉을 따라 마치 드넓은 바다가 넘실거리듯이 포도밭이 펼쳐져 있다. 칙칙한 색조의 올리브나무 숲도 보인다. 햇살은 한없이 온화하고, 늘 부드럽고 옅은 필터가 끼어 있는 것처럼 보인다. 붉은 벽돌 건물과 곧고 푸른 실편백나무와

* 사냥으로 얻은 고기류.

구불구불한 하얀 산길. 산 위 곳곳에 오래된 성과 한눈에도 유서 깊어 보이는 빌라가 눈에 띈다(그곳에서는 대체 어떤 생활이 이뤄지고 있을까?). 아름답고 단아한 광경이다. 조화롭게 어우러진 그 아름다움을 해칠 만한 것은 어디서도 찾아볼 수 없다. 편의점 간판도 없고, 조립식주택도 없다. 산속이라 비교적 기온이 낮고 햇살도 그리 강하지 않은데, 그런 다소곳한 기상조건 속에서 산조베세 포도가 소리없이 서서히 무르익어가는 모습이, 밭이랑만 보고 있어도 눈앞에 선하게 떠오르는 듯하다.

풍요롭고 독특한 이곳의 풍경을 최대한 넓게, 멀리 조망하고 싶으면 카스텔로 디 브롤리오(브롤리오 성)에 가보기를 추천한다. 높다란 언덕 위에 세워진 견고하기 이를 데 없는 이 성—이곳을 함락시키려면 꽤 오랜 시간과 노력이 필요할 것이다—의 전망대에 오르면 당신은 키안티 클라시코의 심장부를 목격할 수 있다. 광대하게 펼쳐진 포도밭 바다, 울창한 숲, 띄엄띄엄 흩어진 작고 아름다운 마을들, 그런 풍경이 장대한 파노라마를 이루며 끝도 없이 이어진다.

그러고 보니 에마누엘라 씨가 이런 말을 했다. "토스카나가 우수한 와인 생산지인 이유는 숲과 포도밭이 혼재한다는 점이에요. 숲은 포도밭의 풍부한 자양분이 되죠. 아주 중요한 사실이에요. 포도밭만 있으면 알게 모르게 토양이 척박해지거든요." 브롤리오 성 위에서 토스카나 땅을 내려다보면 그녀의 말에 온전히 고개를 끄덕이게 된다. 모르는 사람 눈에도 숲과 밭이 서로를 돕고 있음을 느낌으로 알 수 있다. 와인이란 그 땅의 고유성이 만들어낸 자연의 물방울임을 실감하게 된다.

이곳 토양은 독특하게 점토와 석회가 섞여 있고, 조금만 땅을 파도 놀랄 만큼 큰 돌멩이들이 굴러나온다. 그런 돌멩이가 산더미처럼 쌓여 있는 광경이 곳곳에 보인다. 거의 포도와 올리브밖에 경작할 수 없는 토질인데, 대신 포도와 올리브는 어느 지역보다 실하게 자란다. 10월 초 포도 수확이 끝나면 곧이어 올리브 수확이 시작된다. 가을 내내 사람들은 쉴 틈 없이 바쁘다. 그러나 11월에 들어서면 모든 작업이 끝나고, 다음 봄이 올 때까지 토스카나 사람들은 난로 앞에 느긋하게 앉아, 아마도 토스카나 와인 잔을 기울이며 긴 겨울을 보낸다. 엽총을 들고 숲속으로 멧돼지나 새 사냥을 나갈지도 모른다. 사람들의 그런 생활이 눈앞에 절로 떠오른다.

옛날 브롤리오 성의 주인이었던 베티노 리카솔리 남작은 이탈리아왕국의 2대 총리까지 지낸 역사적 인물인데, 와인 양조에도 상당히 진지하게 열정을 불태워, 1872년 "앞으로 키안티 지방의 와인은 모두 똑같은 배합으로 만든다"라는 중대 결정을 내렸다. 즉 명료한 수치화를 통해 이 지역 와인의 방향성을 정한 것이다.

그의 용단 덕분에 키안티 와인이 오늘날 같은 명성을 얻었다고 해도 과언이 아닐 정도다. 그나저나 이탈리아인들의 의견(다른 건 몰라도 의견 하나는 넘쳐나는 사람들이다)을 하나로 모아 엄밀한 규칙을 정하고 모두 똑바로 지키게 만들기는 내가 보기에 실로 기적에 가깝다. 인격이 아주 훌륭한 사람이었나보다(아니면 엄청난 달변가였거나, 그것도 아니면 무서운 사람이었거나).

산조베세 70퍼센트, 카나이올로 20퍼센트, 마지막으로 화이트와인의 원료 말바지아 델 키안티가 10퍼센트, 이것이 바로네(남작)가 정한 비율이다. 그로 인해 산조베세 특유의 강한 타닌이 적절하게 누그러지고 프루티한 맛이 더해져 목 넘김이 부드러워졌다. 그것이 오랜 세월에 걸쳐 '키안티'의 맛으로 자리잡아 온 셈이다. 나 역시 무심결에 토스카나 농민이라도 된 기분으로 "남작님은 역시 훌륭하셔"라고 중얼거리며 감탄하고 말았다.

그러나 그렇게 엄격하게 정해진 배합 비율은 최근 들어 크게 무너지고 있다. 한 세기도 더 지난 옛날 규칙에 얽매이고 싶지 않다, 내가 이상적으로 생각하는 와인을 자유롭게 만들고 싶다, 맛이 좀더 다양해져도 좋지 않으냐고 말하는 의욕적인 와인 양조자가 늘어났기 때문이다. 당연히 혁신파와 수구파 사이에서 예측 가능한 이런저런 트러블이 생겼지만, 일련의 적극적인 변혁 덕분에 키안티 와인의 질은 한층 향상되었다고 할 수 있다.

지금은 화이트와인 원료를 섞는 곳이 거의 사라졌다. 산조베세 100퍼센트 와인도 적지 않다. 이른바 '비오 와인(유기농 와인)'도 큰 흐름 중 하나다.

그러나 배합 비율이 대체로 같아도(세세한 플러스마이너스는 둘째 치고, 산조베세 포도가 압도적인 주체라는 사실에는 변함이 없다), 산 하나만 넘으면 와인 맛이 놀라울 정도로 달라진다. 수치로 잴 수 없는 미묘한 개성의 차이도 키안티 클라시코의 불가사의이자 일종의 매력 포인트다. 이탈리아인은 보통 자기가 태어난 고향을 거의 핀 포인트로 삼고서 "산 하나 넘으면 생김새도 말투도 인성도 완전히 달라져요"라고들 말하는데, 와인도 마찬가지라고 할 수 있을 것 같다. 그렇게 각 마을의 '인성'을 살펴가며 천천히 이동하는 것도 토스카나 여행의 즐거움 중 하나일지 모른다.

그 때문인지 가이올레 인 키안티, 라다 인 키안티, 카스텔리나 인 키안티…… 등등, 조금 신기한 울림을 가진 토스카나 마을의 이름들이(모두 오래된 성벽이 있는 아름다운 마을이다) 이상하게도 머릿속을 떠날 줄 모른다. 일본으로 돌아와서도 그런 이름을 보거나 듣기만 하면 마을의 풍경과 그곳에서 마신 와인, 이름 모를 레스토랑에서 나온 음식들이 생생하게 떠오른다. 그러면 '아아, 다시 그곳에 가봐야겠다'라고 생각한다. 다음에는 꼭 알파 로메오를 빌려야지, 라고도.

이것에 나는 개인적으로 '토스카나 열병'이라는 이름을 붙였다.

소세키에서
구마몬까지

구마모토(일본)

K U M A M O T O

1 왜 구마모토인가?

구마모토에서는 거의 매일같이 비가 내렸다. 호우라고 할 정도는 아니었지만 좀처럼 그치지 않았다. 어쨌거나 장마 한복판에 방문했으니 아무리 비가 와도 불평할 수 없다. 마침 한창 모내기철이었다. 비가 충분히 와야 농사에 지장이 없을 테니, 나 역시 (그럭저럭 건전한 한 사람의 국민으로서) 내리는 비를 '하늘의 은혜'로 생각하고 달게 받아들이는 수밖에 없다. 그리고, 아마도 그런 비 덕분에 구마모토 거리는 선명한 녹음으로 멋지게 물들어 있었다. 도쿄에서 온 나는 같은 도시인데도 가는 곳마다 나무들이 우거진 광경에 감탄하고 말았다. 여기저기 흐드러지게 핀 색색깔의 큼지막한 수국과, 도시를 가로지르며 흐르는 많은 강도 그랬다. 아소 산맥에 원류를 둔 그 강들은 아리아케해를 향해 세차게 흘러가는 탁류로 상당히 불어나 있었는데, 그 단호하고 청렴하기까지 한 물살에서 독특한 무언가가 느껴졌다. 다리 위에서 가만히 내려다보고 있자니 '아, 꽤 먼 곳까지 왔구나' 하는 가벼운 감개에 젖어들었다. 강물도 장소에 따라 저마다 고유한 방식으로 흐르는 것이다.

내가 하필 이런 시기를 택해 구마모토를 찾은 가장 큰 이유는 '도쿄 오징어 클럽'의 리유니언(동창회) 개최였다. 모르시는 분을 위해 잠깐 설명하자면, '도쿄 오징어 클럽'이란 작가 요시모토 유미 씨와 편집자 쓰즈키 교이치 군과 내가 만든 '문화 체험단' 같은 모임으로, 함께 여러 곳을 찾아가 여러 가지를 보고 듣고 와서 각자 원고를 쓰는(혹은 사진을 찍는) 것이 주요한 활동이었다. 일단 명목상으로 내가 대장 역할을 맡았다. 셋이 아타미에서 사할린까지 다양한 곳을 여행하며 잡지에 부정기적으로 연재를 했다. 그 결과물이 『지구를 방랑하는 법』이라는 책으로 나왔다.

요시모토 씨는 스타일리스트의 원조 격인 사람이고, 쓰즈키 군은 이상한 것이라면 뭐든 좋아하는 편집자이자 기무라 이헤이 상을 받은 사진작가이고, 나는 워낙에 호기심이 왕성한 소설가다. 이렇게 각자 취향과 개성이 조금씩 달라서 상당히 재미있는 조합을 이루었고, 셋이 함께 여러 곳을 탐방하는 건 언제나 즐거운 일이었다.

그런데 요시모토 씨가 이런저런 사정으로 도쿄 집을 정리하고 고향인 구마모토로 돌아가 첼로 연습과 원예로 '유유자적' 살게 되면서 '도쿄 오징어 클럽'은 자연히 해산되고 말았다. 그것이 사 년 전 일이다. 그후로 언제 한번 요시모토 씨를 만나러 구마모토에 가야겠다고 계속 생각했는데, 마침 지난 6월 그럴 기회가 생겨 쓰즈키 군에게 "같이 갈래?" 하고 물었더니 곧바로 "좋죠. 갑시다" 하는 답변이 돌아왔다. 이런 연유로 장마 한복판에 구마모토 시내에서 경사스러운 '도쿄 오징어 클럽' 리유니언을 개최하게 된 것이다. "구마모토의 장마는 길고 과격해요"라고 요시모토 씨가 미리 충고했지만, 이때가 아니면 다들 시간을 맞추기 힘들어서 어쩔 수 없었다.

2 등자나무 서점의 시라타마

구마모토에 온 것은 이럭저럭 사십 년 만이다. 예전에 '내웅'(올 래來 자에 구마모토熊本의 웅熊 자를 써서 '라이유'라고 읽는다. 구마모토 사람들은 이상하게 이 말을 자주 쓴다. 타지 사람들은 거의 제대로 읽지도 못할 텐데)한 건 1967년, 고등학교를 갓 졸업한 열여덟 살 때였다. 대학교도 안 가고, 입시학원에도 안 가고, 이렇다 할 소속 없이 빈둥거리고만 있었다. 그러던 어느 날 문득 여행을 떠나고 싶어져서 고베 항에서 페리를 타고 벳푸에 가서는 버스로 아소 산을 넘어 구마모토까지 왔다. 구마모토에서 성을 구경하고 정처 없이 거리를 돌아다니다가 딱히 할 일이 없어서 영화관에 들어가 영화를 봤다. 샘 페킨파가 각본을 쓴 유명한 서부영화 〈글로리 가이스〉였는데, 당시 샘 페킨파의 이름도 몰랐던 나는 그냥 '좀 재밌네'라고만 생각하며 영화관을 나왔다. 밤거리를 걷는데 어떤 여자가 말을 거는 통에 무서워서(아직 순진하기 그지없는 열여덟 살이었으니) 못 들은 척하고 지나쳐버렸다. 구마모토에 대해 기억나는 것은 대략 이 정도다. 그러고는 나가사키에 갔다가 점점 돈이 바닥나서 집으로 돌아갔다. 그렇게 오래 혼자 여행해본 건 난생처음이었다. 혼자서 낯선 땅을 여행하다보니 단순히 숨을 쉬고 풍경을 바라보는 것만으로도 조금쯤 어른이 된 기분이 들었다.

그리고 그로부터 사십 년 만에—이제는 나이 지긋한 소설가가 되어—구마모토를 찾았는데, 도착한 다음날 시내에 있는 '등자나무 서점'에서 낭독회 겸 좌담회를 가졌다. 생각해보니 일본에서 낭독회 비슷한 행사를 연 것은 1995년 이후 처음이다. 그 장소로 이 작은 독립서점을 고른 주된 이유는 유명한 간판 고양이 '시라타마'를 만나고 싶어서다. 요시모토 씨 왈, 시라타마는 귀엽고 붙임성도 좋은 정말이지 우월한 흰색 수컷 고양이여서 비행기를 타고 먼 길을 와 만나볼 가치가 충분하다는 것이다. '등자나무 서점'은 아무리 꽉꽉 채워도 서른 명 정도밖에 못 들어가는 작은 규모로, 내게는 오히려 그 정도가 편하고 좋았던 것 같다. 지난달에는 뉴질랜드에서 2천여 명이 모인 행사를 가졌는데 정말 만만치 않았다. 서른 명 정도가 딱 좋다.

직접 만나본 시라타마는(주인과 함께 매일 차를 타고 집에서 서점으로 출근한다) 듣던 대로 실로 사랑스러운 고양이라 나도 그만 푹 빠져버렸다. 아닌 게 아니라 그렇게 우월한 고양이는 흔치 않을 것이다. 시라타마를 보려고 서점을 찾는 사람도 적지 않은 모양이니 말 그대로 '복고양이' 역할을 톡톡히 하고 있다. 얌전하고 똑똑해서 파는 책에 발톱 자국을 내지도 않는다.

'등자나무 서점'은 '다마야 거리'라는 번화가 한복판에 있고, 주위 가게라고는 200엔 바(음료 가격 200엔부터, 음식물 반입 가능, 자릿세 없음…… 장사가 될까?)나 작은 초밥집 등이라 별로 서점이 있을 법한 장소로는 보이지 않는데, 그런 면도 독립적이라고 할지, '뻔하지 않아서' 오히려 호감이 간다고도 할 수 있을 것이다. 주인 다지리 히사코 씨가 가게를 연 2001년 당시에는

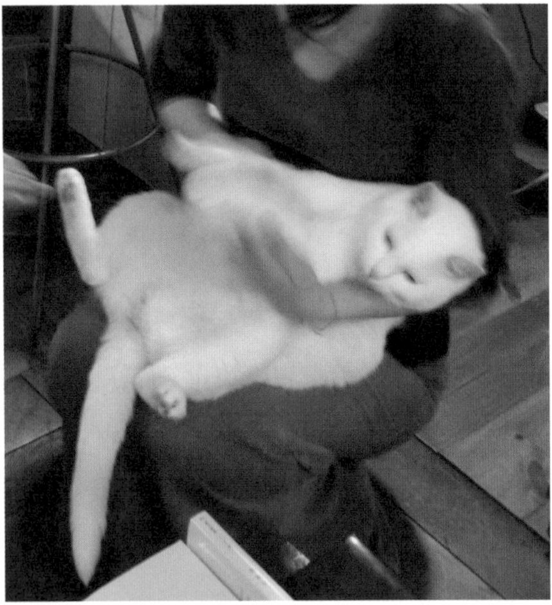

등자나무 서점의 간판 고양이 시라타마

'오렌지'라는 이름의 세련된 잡화점 겸 카페였는데, 이윽고 이웃 건물까지 빌려 확장하면서 평소 염원하던 서점을 같이 경영하게 되었다. 본인 마음에 드는 책만 들여놓는 이른바 '셀렉트 숍'이라 자기계발서 종류는 한 권도 없다. 한 달에 한 번 정도 낭독회 등의 이벤트를 연다. 운영이 그리 쉽지만은 않겠다 싶지만, 시라타마의 도움(손님을 불러들이는 것이 복고양이의 역할이니)과 열성적인 손님들의 응원에 힘입어 구마모토 문화의 일익을 확고하게 담당하고 있다.

나는 그날 저녁 「야쿠르트 스왈로스 시집」이라는 단편소설(비슷한 글)을 낭독했다. 소설 일부를 '야쿠르트 스왈로스 팬클럽' 회보에 실은 적은 있지만 사람들에게 전문全文을 공개한 것은 그날이 처음이라, 일단은 '국내 최초 공개'인 셈이다. 솔직히 말하자면 가벼운 마음으로 술술 써내려간 글이고 별로 대단하지도 않지만, 즐겨주신다면 더없이 기쁘겠습니다⋯⋯ 하는 식의 격의 없는 인사로 시작했다. 낭독이 끝나고는 '도쿄 오징어 클럽' 멤버 셋이서 캐주얼한 대화를 주고받으며 여러모로 알찬 구마모토의 밤을 보냈다. 조만간 다시 시라타마를 만나고 싶은걸. 한 잔에 200엔부터라는 옆집 바에도 좀 관심이 가고.

3 소세키가 살았던 집과 파초나무

나쓰메 소세키가 구마모토에서 마지막으로 살았던 집이 거의 온전히 보존되어 있다는 얘기를 듣고 가능하면 꼭 찾아가보고 싶었는데, 감사하게도 현재의 집주인이 허락해주어 둘러보기로 했다. 소세키는 구마모토 제5고등학교(현재의 구마모토 대학)에서 교사로 일하던 메이지 33년(1900년), 기타센단바타마치에 위치한 이 집에 넉 달간 거주했다. 월급 100엔, 그 시절치고는 파격적인 대우지만 본인은 지방에서 교편을 잡는 것이 별로 달갑지 않았던 모양이고, 그 탓인지 구마모토에 온 뒤 좀처럼 정착하지 못하고 사 년 삼 개월 동안 무려 다섯 차례나 이사를 거듭했다. 그리고 이 집으로 옮겨온 지 얼마 지나지 않아 국가로부터 영국 유학을 명받고 구마모토를 떠나게 된다.

이 집이 지어진 때는 메이지 33년이므로(요컨대 소세키는 막 신축한 집에 들어와 산 셈이다) 벌써 백이십 년 가까운 세월이 흘렀지만, 지금도 충분히 주거지로 기능하고 있다. 정원에는 소세키가 살던 시절처럼 커다란 파초나무가 가지를 펼치고 있다. 매년 여름 밑동까지 잘라낸다는데 금세 다시 자라서 울창해진다. 해마다 그러기를 되풀이한다. 설마하니 지금 눈앞의 나무가 소세키가 바라보던 것과 똑같은 것일 리 없겠지만, 어쩌면 그럴 수도 있지 않을까 하고 믿고 싶어지는 정취가 느껴진다. 사람은 찾아왔다 떠나가지만 수목은 그와 관계없이 한곳에 뿌리를 내리고 머문다. 잘리면 다시 가지를 뻗고, 또 잘리면 다시 가지를 뻗는다.

당시로서는 드문 2층 건물. 엄청나게 가파르고 좁은 계단을 올라가면(내려올 때는 꽤 무섭다) 널찍한 객실이 서재처럼 꾸며져 있다. 앉은뱅이책상 말고는 가구가 거의 없다. 1층에서 펼쳐지는 일상적인 가정생활과 격리된, 엄연한 독립 공간이다. 창가에 놓인 책상 앞에 앉으면 파초가 우거진 정원이 내려다보인다. 그 위로 조용히 장맛비가 내린다. 소세키는 구마모토에서 머무른 몇몇 집을 언급한 글에서 몹시 신경질적으로 불만을 표했는데, 마지막 이 집은 어느 정도 만족했던 것으로 보인다. 어쩌면 이 호젓한 2층 서재에서 가족들과 떨어져 홀로 조용히 사색에 빠져들 수 있어서였는지도 모른다.

시내에 위치해 있지만 귀를 기울여도 소음이라 할 만한 것이 전혀 들리지 않는다. 들리는 것은 어렴풋한 낙숫물 소리뿐이다. 시간이 백이십 년 전으로 되돌아간 듯한 신비로움이, 또한 친밀함이 느껴진다. 소세키 선생은 어떤 심정으로 이 서재에서 혼자만의 시간을 보냈을까? 아마 여러 고민과 울결이 있고, 여러 꿈이 있었으리라. 부인 교코 씨는 그로부터 이 년 전, 시내에 흐르는 시

나쓰메 소세키가 살았던 옛집. 집필실로 보이는 방

라카와 강에 몸을 던져 투신자살을 기도했다. 그녀의 나이 겨우 스물한 살이었다. 다행히 주위에 있던 어부의 도움으로 목숨을 건졌지만 부부 사이에는 깊은 상처가 남았다. 자세한 사정은 잘 모르지만, 여하튼 그리 간단한 인생은 아니었던 것 같다.

이 집은 현 소유주의 친척뻘인 자매(여든한 살과 일흔다섯 살, 근처에 산다)의 손길로 매우 깨끗하게 유지 관리되고 있지만, 아무래도 비가 새는 등의 하자가 있고 언제까지 개인이 관리할 수 있을지도 알 수 없어서, 현지 문화단체가 매입을 검토하고 있는 모양이다. 지금까지 정성껏 보존해온 만큼 앞으로도 잘 존속되면 좋을 텐데.

4 성곽을 달리다

구마모토 성곽을 달려보고 싶어서 운동화까지 챙겨 왔는데 공교롭게도 비가 계속 내리는 바람에 좀처럼 밖으로 나갈 수가 없었다. 그래도 토요일 아침 여섯시쯤 눈을 떠보니 정말 오랜만에 날이 개어 있었다. 두툼한 구름이 하늘을 뒤덮고 있지만 우산을 쓰고 지나가는 사람은 한 명도 보이지 않았다. '좋아, 지금 당장 뛰어야겠다' 싶어 서둘러 운동복으로 갈아입고 밖으로 나갔다. 성곽을 달리는 기분은 무척 좋았다. 신호에 걸릴 일이 없다는 게 가장 반가웠다. 습도가 높아서 잠깐 사이 땀범벅이 돼버렸지만.

딱 한 가지, 길에서 마주치는 시민들이 하나같이 "안녕하세요!" 하고 밝고 큰 목소리로 인사하는 것은 조금 당황스러웠다. 물론 불친절한 것보다야 백배 낫고, 여행자 입장에서 이런 식의 따뜻한 환영을 트집 잡을 이유는 전혀 없다. 그러나 인사를 받을 때마다 예의상 대답은 해야 하니 일일이 "안녕하세요!"라고 큰 소리로 대답하다보면 생각이란 것을 할 수 없게 된다. 나는 가만히 생각에 잠겨 달리는 것을 좋아하기 때문에(뭐, 따지고 보면 별 대단한 생각을 하는 것도 아니지만) 이 "안녕하세요!" 공격에는 솔직히 좀 난처한 느낌이 없지 않았다. 지금까지 전 세계 여러 곳에서 조깅을 해봤지만 길 가는 사람들에게서 이렇게 자주 인사를 받아본 적은 없었다. 그리스 섬에서는 종종 마을 사람들이 "잠깐 쉬면서 차 한잔 하고 가요"라고 말을 걸곤 했지만, 그래도 이 정도로 많은 인사를 받지는 않았다. 구마모토라는 도시에는 주민들에게 '밝은 아침인사'를 환기시키는 고유한 풍토가 존재하는 걸까? 아니면 '우리 모두 밝게 아침인사를 합시다'라는 시민운동이라도 진행중인 걸까?

그건 그렇고, 성곽을 달리는 것은 굉장히 즐거웠다. 구마모토성은 따뜻한 애정으로 매우 아름답게 보존된 성이다. 모든 시민이 성을 아끼는 마음이 느껴진다. 성은 지형적으로나 정신적으로나 예로부터 오늘날까지 구마모토의 중심이었고(마치 심장처럼), 사람들은 일상생활 속에 성의 존재를 잘 아우르고 있는 듯 보인다. 이번에는 시간이 없어서 덴슈카쿠*까지 올라가지는 못했지만, 아침에 한 시간쯤 주변을 빙 돌아본 것만으로도 특유의 자연스럽고 친밀한 분위기를 느낄 수 있었다. 어디서나 성이 보이는 도시에서 산다는 것은 근사한 일일 것이다. 카프카의 『성』처럼 '눈에 보이지만 다다를 수 없는' 곳도 아니고. 참고로 구마모토 시에는 '성 주위에는 성벽보다 높은 건물을 지을 수 없다'라는 조례가 있다고 하는데, 이건 정말 멋지다고 생각한다. '야자나무보다 높은 건물은 지을 수 없다'는 하와이 카우아이 섬의 조례와 비슷하다. 앞으로도 '성곽도시'의 느긋한 시간성과 분위기를 잃지 않고 지켜나가기를 여행자로서 바라게 된다.

5 만다 갱에 가보다

'세계유산' 등록을 놓고 요즘 적잖이 화제가 되고 있는 '만다

* 성 중심부에 가장 높게 지은 망루.

갱'을 견학하러 갔다. 만다 갱은 구마모토 현 북부 아라오 시에 있었던 탄광시설의 터다. 한때 번영했지만 현재는 더이상 채굴이 이뤄지지 않고(석탄 수요가 줄어서 채굴 비용이 더 많이 든다) 무인 상태로 남겨져 있다. 솔직히 나는 세계유산에도 탄광에도 그다지 흥미가 없지만, 내가 흥미 없다고 모조리 건너뛰면 도저히 유익한 여행이 되기 힘들 테고 이런 여행 기사도 쓸 수 없다. 그래서 열심히 한번 다녀와보았습니다. 그런데 결과적으로는 꽤 재미있었다.

만다 갱은 구마모토 현이긴 하지만 전체적으로 미이케 탄광이라는 거대한 광맥의 일부이기 때문에 거의 후쿠오카 현과의 경계선상에 있다. 일부 시설은 오무타 시에 속할 정도다. 요컨대 어쩌다보니 광맥 위에 인위적으로 지역 경계선이 그어졌을 뿐, 탄광 입장에서야 소속이 구마모토 현이 됐든 후쿠오카 현이 됐든 '그게 우리랑 무슨 상관인고' 하며 제자리에 벌렁 누워 있는 셈이지만, 일단 행정구역상 만다 갱은 구마모토 현의 관할이다. 그리하여 우리도 구마모토 탐방의 일환으로 만다 갱을 방문하게 되었다.

구마모토 시내에서 아라오 시까지는 꽤 먼 거리다. 그동안 차 뒷좌석에서 창밖을 바라보면서, 구마모토 현에는 여하튼 산이 많고 나무들도 빽빽하다는 점을 깨달았다. 그 사이를 누비며 호르는 강도 많다. '흐음, 일본에도 아직 꽤 나무가 많구나' 하고 새삼 감탄했다. 산이 없는 곳에는 논이 펼쳐져 있고, 어느 곳이나 한창 모내기를 하느라 여념이 없었다. 다들 열심히 일하고 있는 것이다. 나도 게으름 부리지 말고 정신 차려 일해야지.

또한 구마모토 현의 집들이 대부분 멋진 기와지붕을 이고 있다는 사실도 알게 되었다. 별로 의식한 적 없었는데, 생각해보니 도쿄에서는 이제 기와지붕이란 것을 전혀 찾아볼 수 없게 되어버렸다. 기와지붕이 있느냐 없느냐로 풍경의 인상이 상당히 달라지는 법이다. 그리고 아라오 시로 향하는 도로에서는 포르셰나 페라리, 메르세데스 S클래스 같은 차와 한 번도 마주치지 않았다. 대신 경차가 무척 많았다. 도로는 울퉁불퉁한 곳 없이 잘 닦여 있어서 덕분에 푹 자고 일어날 수 있었다. 구마모토 현의 도로 사정은 꽤 괜찮은 것 같다. 계절상 저공비행하는 제비가 많았는데, 그걸 보고 있자니 야쿠르트 스왈로스의 명운에 대해 이런저런 생각에 잠기게 되었다. 구마모토까지 와서 야쿠르트 스왈로스 생각을 한들 소용없는 일이지만(히로시마 팬도 잉어를 볼 때마다 히로시마 카프를 떠올릴까?).

그나저나, 만다 갱에 도착해서 가장 먼저 눈길이 간 것은 완벽한 서구풍의 벽돌 건물이었다. 아무것도 없이 휑한 풀밭에 폐허나 다름없는 상태로 덩그러니 서 있는데, 겉모습은 세련된 영국풍이다. 마치 디킨스의 소설에 나오는 풍경처럼 보이기도 한다. 안내하는 아저씨(초로)에게 그 이유를 물어보니, "그건 말이죠, 여기 맨 처음 설치되었던 기계류가 전부 영국제였기 때문이에요"라고 친절하게 알려주었다. 메이지 초기 영국은 세계적으로 최첨단의 탄광 기술을 자랑하고 있었다. 그래서 모든 기계를 영국에서 수입했는데, 그 기계들을 설치할 시설이나 건물도 당연히 모두 영국식으로 만드는 수밖에 없었던 것이다. 아마 영국에서 보내준 설계도를 충실히 따라 벽돌을 쌓고, 아치형 창을 맞추고, 한 치의 오차 없이 오리지널과 똑같은 건물을 완성했으리라. 설마하니 벽돌 하나하나까지 영국에서 가져오진 않았겠지만, 어쨌거나 실로 본격적인 건조물이다. 그래서 주위 건물들이 다 무너진 오늘날에도 꿋꿋이 이곳에 존속해 있는지도 모른다.

막 지어진 이 건물을 올려다본 사람들은 누구나 이국적인 웅장함에 감탄했을 것이다. 새 벽돌이 산뜻하게 빛나고, 유리창은 뽐내듯이 햇빛을 반사하고, 건물 안에서는 최신식 기계가 기운차게 윙윙대며 돌아간다. 당시 사람들의 눈에 그 모습은 흡사 이 나라 근대화의 상징처럼 비쳤으리라. 그러나 지금은 황무지에 남겨진 일개 폐허에 지나지 않는다. 주위에는 붉게 녹슨 갱차용 선로가 깔려 있다. 푸릇푸릇한 잡초가 장맛비를 흠뻑 머금은 채, 그간의 역사는 아랑곳없이 곳곳에서 영지를 넓히려 애쓰고 있다. 신기하게도 꽃은 통 보이지 않는다. 그저 잡초만 무성할 뿐.

건물 안에는 아직 당시 기계가 그대로 설치되어 있다. 1997년 폐광 후에도 이 기계들은 줄곧 여기 남겨져서, 딱히 하는 일 없이 한가롭게 게으른 잠을 탐하고 있는 셈이다(두말할 필요 없이, 그건 기계의 책임이 아니다). 만다 갱은 나라에서 중요문화재로 지정하며 관광명소 축에 들게 되었지만, 살펴본바 지금까지 그렇게 뜨거운 주목을 받아온 것 같지는 않다. 그런데 난데없이 '세계유산' (후보) 운운하며 각광받게 된 지금의 사태에 약간은 당황하는 분위기가 느껴졌다. 기분좋게 쿨쿨 자고 있는 사람을 흔들어 깨운 것처럼 왠지 안쓰러운 마음마저 든다. 정말로 세계유산이 되면 그런 손길이 훨씬 심해지겠지. 나 같으면 그냥 이대로 한가롭게 잠이나 자고 싶을 텐데, 탄광의 속내까지는 알 수 없다.

남아 있는 시설 중 가장 볼만한 것은 지하 264미터의 갱도와 지상 사이를 일 분 만에 오르내리는 철제 리프트다. 갱 안은 유독가스가 발생할 우려가 있어 국가의 지시로 콘크리트를 덮어 단단히 막아놓았지만 리프트와 갱도 입구는 아직 남아 있다. 말이 리프트지 문도 뭣도 없는 그냥 철제 틀인데, 거기에 스물다섯

명(정원)을 정어리 통조림처럼 꽉꽉 눌러담고 캄캄한 나락의 밑바닥(참고로 롯폰기힐스 전망대가 해발 250미터다)까지 단숨에 내려가는 것이다. 고소공포증이 있는 나는 상상만 해도 등골이 오싹하다.

메이지 40년(1907년), 동료 작가 네 명과 이 만다 갱을 방문했던 젊은 날의 요사노 뎃칸*은 기사를 쓰기 위해 이 무시무시한 리프트를 직접 타고 내려갔다(책에는 '미이케 탄광'이라고만 쓰여 있고 구체적인 지명은 나오지 않지만 아마도 만다 갱인 것 같다). 메이지 시대의 작가는 정말 대단했구나, 깊이 감탄하고 말았다. 아무리 기사 작성을 위해서라지만 나는 그렇게 무서운 짓은 도저히 못할 것 같다.

이 탄광에서 가장 인상적인 것은 시설을 안내해주는 초로의 아저씨 아주머니들이었다. "우리는 인재파견센터에서 나왔어요"라고 했으니 요컨대 노인 자원봉사자인 셈인데, 아주 친절할뿐더러 척 봐도 인성이 훌륭한 분들이었다. 질문을 하면 자상하게 대답해준다. 구마모토 사투리라서 이따금 알아듣기 힘들었지만, 꼭 류 지슈** 씨가 손수 안내해주는 느낌도 들고, 덕분에 훈

* 메이지 중기에 활동한 낭만주의 시인.

** 오즈 야스지로의 영화에 다수 출연한 구마모토 출신 배우.

훈한 마음으로 시설을 떠날 수 있었다. 그런 분들을 위해서라도 '만다 갱'이 세계유산이 되면 좋겠다고, 세계유산 같은 것에 거의 관심이 없는 나도('오타이산*을 세계유산으로'라는 운동은 개인적으로 하고 있지만) 잠깐 생각했다. 되면 좋겠네요. (후일담: 여러분도 아시다시피 만다 갱은 이후 무사히 세계유산으로 등록되었다. 이제 남은 건 오타이산이군요.)

그리고 만다 갱 탐방을 마치고 돌아오는 길에 '고센다고 아라오 본점'이라는 조금 기묘한 간판을 내건 가게에서 먹은 오코노미야키도 맛있었다. 심상치 않은 크기의 오코노미야키를 심상치 않은 크기의 뒤집개로 단숨에 휙 뒤집는 장면은 상당한 볼거리였다. 아라오 시내에는 이상하게 오코노미야키 가게가 많다. 광부들이 오코노미야키를 즐겨 먹었기 때문……인지 어떤지는 모르겠지만, 어쨌거나 만다 갱에 갈 일이 생기면 돌아오는 길에 꼭 드셔보기 바랍니다. 시원한 동 페리뇽을 곁들이면 맛이 기가 막히니 고급 샴페인 잔을 잊지 말고 챙겨 가시길……은 새빨간 거짓말이다. 우리는 평범하게 생맥주를 마셨는데 아무 문제도 없었다. 지극히 서민적인 가게랍니다.

---

* 일본의 소화제 상품명.

6 히토요시까지 SL 여행

"구마모토에 왔으면 SL*을 타고 히토요시까지 가봐야죠"라고 요시모토 씨가 주장해서, SL에도 히토요시에도 별 관심이 없는 나 역시 시키는 대로 구마모토 역에서 SL을 탔다. '도쿄 오징어 클럽' 여행에서 나는 보통 이렇게 남이 시키는 대로 행동한다. 요시모토 씨는 도쿄에서 '내웅'하는 친구들을 안내할 기회가 많아서(친구가 많은 사람이다) 이 열차에 매우 익숙하다. "이 도시락을 사서 여기쯤에서 강을 바라보며 먹어야 해요" 하는 식으로 코스가 확실하게 정해져 있다. 쓰즈키 군은 정해지지 않은 곳에서 도시락을 먹으려다가 따끔하게 혼이 났다. 버릇없는 개가 주인한테 혼나는 것처럼. 가엾어라. 뭐 그건 그렇다 치고, 열차 안에서 파는 '오곳초 도시락'**은 아주 소박하면서도 맛있었다.

SL 열차는 매일 다니는 것이 아니라 6월에는 주말에만 운행한다. 선로는 가고시마와 구마모토를 잇는 히사쓰 선과 가고시마 본선을 쓰고, 구마모토에서 히토요시를 하루에 한 번 왕복한다. 선로변에서 많은 사람이 손을 흔들어줘서 여정旅情이 절로 솟아

---

* 규슈 여객철도에서 운행하는 임시 쾌속 증기기관차.

** 쌀밥과 팥밥으로 만든 홍백 주먹밥, 고등어튀김, 각종 조림, 계란말이, 절임채소 등으로 구성된 도시락.

난다. 그러나 뭉게뭉게 피어오르는 검은 연기를 바라보자니, 이렇게 성대하게 연기를 뿜어내면 선로변에 사는 사람들의 빨랫감이 온통 더러워지지 않을까 하는 걱정만 들었다. 증기기관차가 달리는 광경은 매우 멋진 그림이지만 역시 현대 실정에는 맞지 않는다는 걸 실감했다. 열차에서 내리고 나서도 계속 빨래가 신경쓰였다(워낙에 자주 빨래를 널다보니).

참고로 이 SL 열차는 여행자들에게 매우 인기가 높아서 지정석이 금방 매진되므로(좌석은 모두 지정석이다) 타고 싶다면 가능한 한 빨리 티켓을 사두는 게 좋을 것 같다. 증기기관차는 전철과 승차감이 다르냐고? 그렇습니다. 조금 다른 것 같다. 예를 들어 나는 보통 아날로그 플레이어로 LP를 듣는데, LP 소리와 CD 소리는 조금 다르다. 증기기관차와 전철도 딱 그 정도 차이인 듯하다. 눈에 띄게 확 다르지는 않지만, 조금은 (그러나 확실하게) 다르다. 그 느낌의 차이란 누군가에게는 꽤 크게 다가올지도 모른다. 다만, 굳이 말할 필요도 없겠지만, 아날로그 플레이어는 검은 연기를 뿜어내지는 않는다.

선로가 도중에 단선單線으로 바뀌기 때문에 중간중간 역에 정차해서 반대편 열차에 길을 내줘야 한다. 어느 역에나 각각의 정취가 있고, 열차에서 잠깐 내려 신선한 공기를 마시며 주위 풍경을 감상할 수도 있다. 서두르는 여행이 아니니까 이 또한 즐겁다. 열차가 구마가와 강을 따라 달리기 시작하면 창밖으로 보이는 풍경이 점점 다이내믹해진다. 아마 JR의 '전국 차창 절경 순위'를 따지면 비교적 상위권에 들지 않을까. 급류에서 래프팅을 즐기는 사람들의 모습도 보인다.

"그러니까 경치 좋은 이쯤에서 도시락을 먹자고 한 거야"라며 요시모토 씨가 또 쓰즈키 군을 나무란다.

히토요시에서는 장어를 먹었다. 돌아가신 안자이 미즈마루* 씨의 단골집이던 '우에무라 장어'라는 식당에 갔다. 겉보기에는 그리 크지 않고 아담한데, 가도가도 끝이 나지 않을 것처럼 느껴질 정도로 내부가 무척 깊다. 그리고 실내에는 온통 장어 굽는 냄새가 진동한다. 이곳에서는 규슈산(구마모토, 미야자키, 가고시마) 장어를 쓰고, 주문을 받고 나서 손질해 숯불에 굽기 때문에 음식이 나오기까지 조금 시간이 걸린다고 한다. 홀짝홀짝 술잔을 기울이며 장어구이를 기다리는 기분도 제법 괜찮다.

이곳의 우나주**는 이른바 간사이식으로 장어와 장어 사이에 흰밥을 넣은 모양새인데, 찌지 않고 바로 구워서 겉면이 바삭바

* 『코끼리 공장의 해피엔드』 등의 무라카미 하루키 에세이에 삽화를 그린 일러스트레이터, 만화가.

** 장어구이와 밥을 찬합 위아래로 담은 고급 도시락.

삭하다. 특제 양념은 꽤 단 편이다. 산초를 듬뿍 뿌려 먹는다. 부드럽고 말랑한 도쿄의 우나주에 익숙한 사람은 '어라' 하고 당황할 것이다. 나도 굳이 따진다면 (유일하게) 장어는 간사이식보다 간토식을 더 선호하지만, 그래도 가끔은 이런 것도 맛있다. 무엇보다 살이 실해서 먹고 나면 은근히 배가 부르다.

히토요시 시에 대해 떠오르는 생각은 이 장어집 정도다. 그 외에는 딱히 구경한 게 없다. 아 참, 여기 머무르는 동안 가와카미 데쓰하루* 씨가 히토요시 시 출신이라는 생각이 불현듯 떠올랐다. 아주 오래전 〈가와카미 데쓰하루 이야기—등번호 16〉이라는 영화를 본 적 있다. 히토요시에서 학교를 다니며 야구부 투수로 활약하던 가와카미 씨를, "이런 촌구석에 있으면 귀한 재능이 묻혀버린다"며 구마모토 시내의 야구 강호 학교에서 스카우트한다. 그래서 소년은 고향 히토요시를 떠난다. 야구방망이와 글러브를 품에 꼭 안은 소년 가와카미도 내가 탔던 히사쓰 선 SL에 올라서, 아름다운 구마가와 강물을 바라보며 불안과 꿈을 품고 거침없이 구마모토로 향했으리라.

* '타격의 신'으로 불렸던 전설적인 프로야구 선수. 선수 시절의 등번호 16번은 요미우리 자이언츠의 영구 결번이다.

7 바다 위의 아카사키 초등학교

히토요시에서 자동차로 구불구불한 해안도로를 달려 쓰나기마치(미나마타 시 바로 북쪽에 있다)의 아카사키 초등학교로 간다. 이 학교는 과소화過疎化로 해마다 학생 수가 줄어드는데다 건물의 내진성 문제까지 드러나서 2010년 3월에 폐교되었다. 폐교? 왜 굳이 우리는 폐쇄된 초등학교를 구경하러 갔을까? 학교 건물이 바다 위에 지어져 있다는 것이 그 이유다. 멀리서 내려다보면 마치 바다에 떠 있는 여객선 같기도 하다. 굉장히 멋있다.

본래 바다 위에는 주소가 존재하지 않기 때문에 이 학교에도 주소(번지)랄 게 없다. 이곳으로 꼭 편지를 보내고 싶다면 수신인란에 '구마모토 현 아시키타 군 쓰나기마치 후쿠하마 165번지 앞쪽'이라고 써야 한다. '앞쪽'이라는 말이 왠지 낭만적이죠. 그 번지까지 땅이 있고, 더 앞쪽의 바다까지 오라는 뜻이다. 해상생활 분위기가 물씬 풍긴다. 아이들이 쉬는 시간에 창밖으로 낚싯대를 드리우고 물고기를 낚았다는 이야기도 전해진다.

이 아카사키 초등학교가 있는 지역은 산이 바다 쪽으로 험준하게 튀어나온 지형이라 평지 면적을 충분히 확보하기 어려웠다. 변변한 운동장 하나 만들 수 없고, 아이들이 마음껏 뛰어놀기도 힘든 상황이었다. 그래서 차라리 바다 위에 새로 학교를 지어버리기로 한 것이다. 실물을 보면 상당히 번듯하다. 철근콘크리트 3층 건물로, 선창船窓을 본떠 만든 둥그런 창이 세련돼 보인다. 1976년에 완성된 건물이니 이곳에는 삼십사 년간 아이들의 함성(과 기타 등등)이 가득했던 셈이다. 어쩔 수 없는 사정이 있었겠지만 아직 충분히 쓸 수 있는 건물을 이렇게 폐기해버리다니 몹시 아깝다. 이곳에서 세월을 보낸 많은 이의 추억도 깃들어 있을 텐데.

우리가 학교를 방문한 날은 토요일이었는데, 친절한 쓰나기마치 주민센터 직원분이 일부러 우리를 위해 나와서 문을 열어주었다. 안으로 발을 들여놓자마자 건물 내부가 거의 손대지 않은 채로 고스란히 남아 있다는 점에 놀랐다. 책상과 의자도 그대로고, 도서실 책장에는 책이 가지런히 꽂혀 있다. 각종 비품도 대부분 그대로 남아 있다. 벽에 달린 스피커에서 금방이라도 교내 방송이 흘러나올 것 같고, 급식실에는 칼로리 도표 따위가 붙어 있으며, 교무실에는 온갖 서류가 쌓여 있다. 교장실 장식장에는 자랑스러운 트로피와 표창장이 가득하다. 마치 방금 전 어떤 돌발사태가 벌어져서 교사와 학생 모두가 급히 피신하고 학교만 덩그러니 남겨진 것처럼 보인다. 현실이 미묘하게 괴리되어가는 광경이다. 이 학교가 폐쇄된 지 몇 년이나 지났음을 드러내는 것은 바닥에 무수히 흩어진 갯강구 사체뿐이다. 갯강구들은 어디선지 모를 곳에서 꿈지럭꿈지럭 학교로 침입해 숨을 거두는 모양이다. 왜 굳이 학교로 들어와 죽어야 하는지 이유는 아무도 모른다. 갯강구의 생각은 수수께끼다.

만다 갱의 시설이 오랜 세월이 깃든 역사적인 폐허라면, 이곳은 생긴 지 얼마 안 되어 실로 따끈따끈한, 아직 일상의 모습을 선명하게 머금고 있는 폐허다. 어렴풋한 인기척과 소소한 감정 같은 것이 여기저기 조금씩 들러붙어 있다. 금방이라도 복도 모퉁이에서 초등학생 무리가 시끌벅적하게 튀어나올 듯한 기분이 들 정도다.

쓰나기마치에서는 이제 사용할 길 없는 이 건물이 어떻게든 유익하게 이용되기를 바라며 매입처를 열심히 찾고 있지만, 내진성 문제가 난관으로 작용해 좀처럼 해결되지 않는 것 같다. 최악의 경우에는 허물어버려야 할지도 모른다고 한다. 현재 방치 상태라 건물이 노후된 건 사실이지만, 위치가 충분히 매력적이고 바닷물도 바닥이 들여다보일 정도로 깨끗하니 잘하면 리조트 시설로 개조할 수 있지 않을까.

이 초등학교 앞에는 벤텐지마와 아코시마라는 작은 섬이 있는데 썰물일 때는 그곳까지 걸어갈 수 있다. 바위투성이 길은 만조 때는 물 아래로 자취를 감춰버린다. 우리가 방문했을 때는 썰물이라 걸어서 건너갈 수 있었다. 이렇게 자연 한가운데 서 있는 학교에서 어린 시절을 보내면 정말이지 즐거울 것 같다. 좋은 추억이 오래도록 많이 남을 것 같다. 이제 이 마을의 아이들은 삼십 분쯤 버스를 타고 쓰나기마치 중심부에 있는 초등학교에 다닌다. 버스가 다니는 길에서도 푸른 바다에 뜬 여객선 같은, 이제는 폐쇄된 이 학교 건물을 내려다볼 수 있다.

8 아소에 가다

야쓰시로 시 근교의 히나구 온천지대에 있는 오래된 료칸* '긴파로'에 묵었다. 메이지 43년(1910년)에 창업한 전통 있는 료칸으로, 당시로서는 드문 3층짜리 목조건물이 지금껏 그대로 남아 있어 국가 지정 문화재로 등록되었다. 마루가 살짝 기울어진 탓에 복도에서 남성용 노천탕이 거의 그대로 들여다보이지만, 그런 사소한 단점에 개의치 않는다면 고풍스럽기도 하고 옛 정취가 물씬하기도 하고, 은근히 마음이 편해지는 온천료칸이다. 시간여행을 한 듯한 착각마저 든다. 무엇보다 이곳의 마루 광택이 일품이다. 보기만 해도 절로 감탄이 나온다. 여간 꼼꼼하게 닦은 것이 아니다. 이 료칸에 묵은 것은 요시모토 씨의 요청 때문이다. "한 번쯤 묵어보고 싶었어요"라고 했다.

* 일본의 전통적인 고급 숙박시설. 보통 온천탕과 식사가 숙박비에 포함된다.

이 주위에서는 예로부터 등심초 재배가 활발했다. 등심초는 다다미*를 만드는 재료인데, 전국 생산량의 80퍼센트에서 90퍼센트를 야쓰시로 시가 점유했다고 하니 실로 놀랍다. 전성기에는 매입자와 산지 농가 사람들이 돈다발을 품고 유흥을 즐겼다는 이야기도 있다. 구마모토에서 가장 번화한 지역이었다고 한다. 그런데 지금은 값싼 중국산 등심초가 수입되는데다 다다미의 수요 자체가 줄어서 농작 면적이 전성기의 3분의 1 수준으로 떨어졌다. 따라서 지방 경기도 그다지 신통치 않은 것 같다.

히나구 온천지대 역시 해가 지면 조용한 정도를 넘어 꽤나 적막해진다. 거리는 어스름하고, 문을 연 가게도 적고, 노래방이나 술집 같은 곳이 띄엄띄엄 영업하고 있을 뿐이다. 마을을 산책하는 온천 숙박객도 몹시 무료해 보인다. 택시기사에게 물어보니 "옛날에는 스트립 극장 같은 것도 있고 무척 북적거렸죠. 그런데 지금은……" 하고 말끝을 흐렸다. 그런 식으로 북적이는 '온천 시설'을 좋아하는 쓰즈키 군은 기대가 어긋나 매우 아쉬운 눈치였다. 규슈 신칸센이 바로 옆을 지나가지만, 안타깝게도 그 혜택이 여기까지 미치지는 않는 모양이다.

---

* 일본에서 사용하는 전통 바닥재.

야쓰시로 시내에는 왕년의 모습을 간직한 대형 카바레가 몇 군데 남아 있다. 가장 큰 '백마'라는 카바레는 가수 야시로 아키(야쓰시로 시 출신) 씨가 십대 시절 나이를 속이고 무대에 올라 데뷔 무대를 가졌던 것으로 유명하다고, 카바레 업계의 권위자인 쓰즈키 군이 알려주었다. 흠흠. 카바레 업계에 별로 흥미가 없는 사람도 이 '백마' 건물과 네온사인 간판은 한 번쯤 봐둘 가치가 있을 것 같다. 쇼와 시대의 기상 같은 것이 느껴지는 멋진 디자인이랍니다. 우리는 조용한 일요일 아침 방문했기 때문에 요즘 분위기가 어떤지는 알 수 없었지만.

'백마' 근처에 큰 아케이드 상점가가 있는데, 그 안에 '검은 고양이 라디오'라는 독특한 전파사가 있다(가게에 검은 고양이는 없고 개만 있지만). 이곳 주인 모리 씨 부자父子는 골수 오디오 마니아이자 진공관 앰프 제작자로, 그쪽 세계에서는 나름 유명인이다. 겉보기에는 지극히 평범한 상점가의 전파사지만 안으로 들어가면 전문가 분위기가 물씬 풍기는 작업대 앞에서 부자가 손수 열심히 진공관 앰프를 만들고 있다. 알텍이나 JBL의 거대한 스피커 세트가 벽을 따라 늘어서 있고, 부탁하면 각종 앰프를 번갈아가며 멋진 음악을 들려준다. 양의 탈을 쓴 늑대라고 할까. 동네 전파사의 탈을 쓴 마니아. 그렇지만 늑대처럼 무섭지는 않다. 외골수긴 하지만 매우 친절한 사람들이다.

우리에게는 아버님인 모리 세이치 씨가 어젯밤 막 완성한 진공관 메인 앰프로, 역시 얼마 전에 들여놓았다는 JBL의 오리지널 유닛을 틀어주었는데, 0.8와트 출력임이 도무지 믿기지 않을 만큼 음향이 훌륭했다. 옛날 스피커는 기능이 좋아서 요즘 출하되는 대출력 앰프 없이도 아주 심플하고 파워풀한 소리가 난다. 이 시스템의 우퍼(저음 담당)는 JBL의 D130이라는 38센티미터 스피커였는데, 실은 나도 집에서 이것을 포함한 시스템을 쓰고 있지만 소리의 인상이 전혀 달라서 무척 흥미롭게 비교할 수 있었다.

일요일 아침부터 이 흥미로운 부자를 상대로 오디오 담론을 즐기며 훈훈한 한때를 보냈다(일요일은 정기휴일인데 셔터가 조금 열려 있어 억지로 떼를 써서 안으로 들어갔다). 그러다보니 어느새 아소행 특급열차 출발시각이 가까워져 아쉽지만 말을 끊고 일어서야 했다. 마음 같아서는 다양한 스피커와 앰프의 조합으로 시간 제약 없이 느긋하게 음악을 듣고 싶었는데.

이 부자에게 부탁하면, 그리고 조건만 맞는다면 진공관 앰프 주문제작도 가능한 모양이다. 수작업이라 많은 수량은 힘들겠지만. 관심 있는 분은 야쓰시로 시의 '검은 고양이 라디오'로 문의해보시기 바랍니다. 오디오와 음악을 좋아하는 사람은 언제든 환영한다고 하니까요.

야쓰시로 역에서 '아유야 산다이'라는 은어 도시락을 사들고 '규슈 횡단특급'을 탔다. 은어 도시락은 기대만큼 훌륭했다. 이렇게 먹어대면 체중만 자꾸 늘지 않을까 걱정하면서도 결국 먹고 만다. 여행중에는 좀처럼 체중 관리가 안 된다. 그냥 포기하는 게 낫다. 게다가 요시모토 씨와 쓰즈키 군은 음식을 아주 복스럽고 맛있게 먹는 사람들이라(요시모토 씨는 아무리 먹어도 살이 안 찌는데, 쓰즈키 군은 먹는 만큼 살로 가는 체질 같다), 나도 모르게 어울려서 이것저것 먹게 된다.

우리가 탄 칸에는 웬일인지 젊은 태국인 관광객이 많았다. 모두 우리와 함께 아소 역에 내렸다. 팔에 타투를 새긴 청년들과 표 안 나게 멋을 낸 호리호리한 아가씨들. 대관절 태국의 젊은 관광객들이 아소에 뭘 하러 온 걸까? 태국에는 화산이 없으니(아마 없을 것이다) 공부 삼아 봐두려는 걸까? 우리가 태국에 가서 코끼리 농장을 구경하는 것처럼. 한번 가서 물어보고 싶었는데 도시락을 먹고 어쩌고 하느라 바빠서 결국 그러지 못했다. 태국 젊은이들은 아소에 가서 대체 뭘 했을까? (후일담: 알아봤더니 태국의 인기 드라마가 규슈 북부를 배경으로 한 덕에 요즘 규슈 여행이 유행이라고 합니다. 오호라.)

아소에서 현도 11번(이른바 '야마나미 하이웨이')을 달리다

깜짝 놀랄 만한 광경을 발견했다. 시야를 가득 채운 크고 작은 나무들이 동물 모양으로 아름답게 깎여 있는 것이다. '토피어리'라는 원예기법인데, 그 수가 무려 700그루. 실로 대단한 숫자다. 이것을 만든 사람은 도로변에서 옥수수 가게를 하는 와카미야 미치오라는 분이다(가게 이름 같은 건 없다). 원래는 목축업에 종사하다가 일손이 부족해 어쩔 수 없이 폐업하고, 밭에서 키운 옥수수 등의 채소를 도로변에서 팔기 시작했는데, 그러는 틈틈이 마치 '가위손'처럼 크리에이티브한 원예 작업을 즐기게 되었다고 한다. 완성한 동물 종류도 실로 다양하다. 새가 가장 많지만 그밖에도 소, 거북, 말, 코끼리, 공룡에 구마몬*, 심지어 야구방망이를 든 이치로**에 이르기까지 각양각색이다. 그리고 하나하나 매우 정교한 완성도를 자랑한다. 이 정도로 만들어내려면 틀림없이 엄청난 시간과 노력이 필요했을 것이다. 또한 완성된 작품이 흐트러지지 않도록 유지하는 것도 꽤나 고생스러울 것이다. 그렇게 생각하니 감탄스러운 한편, 내 일이 아닌데도 깊은 한숨이 흘러나온다.

가게에서 파는 옥수수가 다 떨어져서(마침 우리가 먹은 옥수

---

* 구마모토 현의 마스코트 캐릭터.

** 메이저리그에서 활동중인 일본의 프로야구 선수.

수가 마지막이었다) 와카미야 씨가 급히 밭으로 옥수수를 따러 가는 바람에 안타깝게도 직접 이야기를 듣지는 못했지만, 부인께서 대략의 사정을 알려주었다. 와카미야 씨가 토피어리를 만들기 시작한 것은 이십 년 전쯤이고, 그후로 지금까지 심혈을 기울여 만든 수가 대략 700개에 이른다. 작품에는 보통 세공하기 편한 회양목을 사용한다. 직접 옮겨와서 심고, 형태를 잡아 정성스럽게 손질한다. 가게 뒤쪽에 골짜기가 있는데 장소가 부족해지자 그 건너편까지 빌려 토피어리 무리를 출현시키고 있다. 드넓은 목초지의 가장자리를 따라 푸른 동물들이 늘어서 있다.

토피어리를 만들려고 매번 골짜기 건너편까지 가는 건가?
그렇다.
힘든 작업이지 않나?
힘든 작업이다.

부인이 남편의 그런 열정적인, 때로는 희미한 광기마저 느껴질 (법한) 토피어리 제작에 대해 오랜 세월 어떤 견해를 갖고 있는지에 대해서는 자세히 물어볼 수 없었다. 장사할 군옥수수(한 개 300엔)를 만드느라 바빠 보였기 때문이다. 그러나 말투에서는 은근히 '좋아서 열심히 하는 거고 딱히 피해를 주는 일도 아니니 괜찮지 않은가'란 기색이 전해졌다. 테오와 고흐의 관계 같은 헌신과 숭배의 자세까지는 느껴지지 않았지만, 비판적인 뉘앙스 역시 전혀 읽을 수 없었다.

실제로도 피해를 주기는커녕 토피어리가 늘어선 광경에 이끌려 저도 모르게 차를 세우고, 내친김에 가게에 들러 옥수수를 사 먹는 관광객이 한둘이 아니니(우리도 다름아닌 그 일원이었다), 영업 면에서도 토피어리 무리는 아주 유익하다고 단언해도 좋을 것 같다. 이것을 '예술'이라고 부르기는 아마 어렵겠지만, 적어도 '성취'라고 부를 수는 있을 것이다. 그리고 우리가 사는 이 넓은 세계에는 비평의 개입을 허락지 않는 수많은 성취가 존재한다. 그런 성취 혹은 자기완결 앞에서 우리는 그저 놀라고 감탄하는 수밖에 없다.

꼭 토피어리 때문이 아니라 군옥수수도 신선하고 맛있었습니다. 시간 여유가 있다면 아소까지 간 김에 와카미야 씨의 '이름 없는 가게'에 꼭 들러보세요.

9 마지막으로 구마몬

구마모토에 온 이상 역시 구마몬 얘기를 하지 않고 넘어갈 수는 없으리라. 안 그래도 구마모토를 여행하는 닷새 동안 가는 곳마다 구마몬을 보았다. 아니, 구마몬이 없는 풍경을 찾는 것이 더 어려웠을 정도다. 구마몬이 없는 구마모토를 상상하기란 참치와 고추냉이가 바닥난 초밥집을 상상하는 것보다 어려울 것이다. 복면 순찰차*가 없는 오다와라-아쓰기 도로**를 상상하는 것보다 어려울 것이다. 하켄크로이츠가 없는 나치스 독일을 상상하는 것보다……라는 표현은 좀 부적절한가. 이건 잊어주시죠. 미안합니다.

아무튼 포스터와 간판, 팸플릿, 생수와 과자 포장지, 버스와 전철 외부, 가방과 모자와 티셔츠 등등 온갖 곳에서 구마몬의 얼굴을 볼 수 있다. 도요타 프리우스 렌터카도 빨강과 검정의 '구마몬 무늬'로 도색되어 있었다. 구마모토 전체가 '구마몬화'되었다고 해도 전혀 과장이 아니다. 구마모토 일간신문에는 구마몬이 주인공인 네 컷 만화가 매일 게재된다. 조만간 구마몬이 사설을 쓸 날이 올지도 모른다……이건 물론 농담이지만.

비단 구마모토만이 아니다. 도쿄 도 미나토 구의 편의점 매대에도 구마몬 상품이 잔뜩 쌓여 있다. 그런 광경을 보면 "이봐, 여

* 일반 차량으로 위장해 속도위반 등을 단속하는 순찰차.

** 가나가와 현 서부의 유료도로. 고속도로로 연결되는데도 규정속도가 시속 70킬로미터에 불과해 단속이 철저하기로 유명하다.

기가 구마모토야?" 하고 따지고 싶어진다. 구마몬은 원래 구마모토 현의 PR캠페인 '구마모토 서프라이즈'의 마스코트, 일명 '유루캬라'*로 개발되었는데, 눈 깜짝할 새 전국적으로 히트를 쳐서 지금은 거의 '구마몬 인더스트리'라고 해도 될 만큼 대규모 산업으로 발전한 것 같다. 최근 십여 년 사이 수많은 유루캬라가 세상에 등장했지만 구마몬만큼 전국적으로 눈부신 성공을 거둔 예는 달리 찾아볼 수 없다. 안 좋은 표현일지 몰라도, 흡사 강력한 바이러스처럼 쉼 없이 증식하며 주위를 침식해간 것이다.

미리 밝혀두지만 나는 구마몬에 대해 좋은 인상도 나쁜 인상도 없다. 그런 것이 있다는 사실을 인식할 뿐 긍정도 부정도 하지 않는다. 딱히 내 손으로 구마몬 상품을 사지는 않고, 구마몬 무늬 바지를 입거나 구마몬 무늬 도요타 프리우스를 타고 싶은 생각은 없지만, 그렇다고 의식적으로 배제하거나 거부하려는 생각도 없다. 다만 이번 여행중 가는 곳마다 구마몬이 넘쳐나는 풍경에는 솔직히 식상한 느낌이 없지 않았다. 만약 이 상태가 멈추지 않고 이어져 구마몬 상품이 전 세계에 넘쳐나고 구마몬이라는 캐릭터가 '인구에 회자'된다면, 구마모토 현이라는 존재 자체

* '유루이 캐릭터'의 준말. 국가나 지방자치체의 홍보 캐릭터 중 대중적이고 친근한 분위기로 만들어진 것을 가리킨다.

까지 '인구에 회자'되어버리는 건 아닐까? 만약 양산된 구마몬의 이미지가 진부해진다면, 그에 따라 구마모토 현의 이미지까지 진부해져버리는 건 아닐까? 그런 점이 조금 걱정되는 것이다.

뭐, 구마몬이 앞으로 어떤 운명을 걸을지는 가나가와 현 주민인 나와는 거의 상관없는 구마모토 현의 문제이니 개의치 말고 내버려두면 될 일이지만, 나는 일단 뭔가 마음에 걸리면 못 견딜 만큼 하나하나 신경이 쓰이는 성격이라, 구마모토 현청의 '상공관광노동부 관광경제교류국 구마모토브랜드추진과'라는 엄청나게 긴 이름의 부서로 찾아가 구마몬 홍보 담당자에게 이야기를 들어보기로 했다(안타깝게도 구마몬을 직접 만나볼 수는 없었다. 구마몬 씨는 '구마모토 현 영업부장'이라는 어엿한 직책을 가진 지방공무원이라 요즘은 무척 바쁘다).

'상공관광노동부 관광경제교류국 구마모토브랜드추진과'는 구마몬의 이미지를 전 세계에 판매하기 위해 눈코 뜰 새 없이 일하는 최첨단의 액티브한 사무실일 거라 예상했는데(전화벨이 쉴새없이 울려대고 모두 눈에 쌍심지를 켜고 컴퓨터 키보드를 두드리는 등), 막상 가보니 상당히 평화로워 보였다. 물론 다들 열심히 진지하게 일하고 계실 테지만, 어쩌면 구마몬 캐릭터가 영향을 미쳤는지 체질적으로 화기애애한 부서라는 인상이었다. 대화하는 동안 전화벨은 한 번도 울리지 않았다. 고함소리도 환호성도 들리지 않았다. 다음은 담당자와의 대략적인 대화 내용이다.

요즘 온 세상에 구마몬이 넘쳐나는 것 같은데, 원래부터 이런 전략을 세웠나?

일부러 그런 건 아니고, 원칙상 구마몬 로고나 캐릭터를 사용하고 싶은 사람은 누구나 무료로 사용할 수 있기 때문에 결과적으로 여기저기서 많이 쓰이게 되었다.

사용자의 신원, 사용법의 시비는 심사하는가?

물론 한다. 그러나 구마모토 현의 이미지에 도움이 된다면(혹은 특별히 해될 것이 없다면) 대부분 허가해준다.

구체적으로 어떤 것이 구마모토 현 이미지에 도움이 되는가?

식품을 예로 들면, 구마모토 현에서 생산한 식재료를 사용한 식품은 구마몬 캐릭터를 자유롭게 사용할 수 있다. 사용을 허가한 것에는 허가번호를 부여하고 표기하게 한다.

식재료를 일부만 사용해도 되는가?

일부만 사용해도 된다.

유흥업 같은 쪽은?

그런 쪽에선 신청 자체를 받지 않는다(당연하지 않나).

가장 처음 허가를 내준 구마몬 상품은 무엇인가?

불단이다.

구마몬 불단?

그렇다.

구마모토 현에 그런 상품의 수요가 있는가?

거기까지는 우리가 관여하지 않는다.

구마몬의 성공이 구마모토 현에 어떤 이득을 주었는가?

니혼 은행*은 2011년부터 이 년간 구마몬으로 발생한 경제효과가 1244조 엔에 이른다고 추산하고 있다.

그 경제효과라 함은 구체적으로 대체 누가 득을 보았다는 뜻일까(그리고 니혼 은행의 추산 능력이 그렇게 정확하다면, 왜 일본이라는 나라는 이렇게 빚더미에 앉아버렸을까?)……라고 물어볼까 하다가 생각을 바꿔 그만두었다. 상냥하고 친절한 담당자에게 이런 질문을 하다보니 왠지 내가 구마몬을 괴롭히는 듯한 기분이 들었기 때문이다. 대체 어느 누가 이렇게 해맑고 귀여운 구마몬을 괴롭히고 싶겠는가?

구마모토 현청에서 구마몬 담당자분을 만나 이야기를 나누고 한 가지 실감한 점은, 인위적으로 '만들어진' 이 구마몬이라는 존재는 본래의 크리에이터 혹은 구마모토 현청 '상공관광노동부

* 일본의 중앙은행.

관광경제교류국 구마모토브랜드추진과'의 의도나 통제를 진작 벗어나, 혼자서 성큼성큼 제 길을 걷기 시작했다는 것이다. 마치 전설 속 '거인 골렘'처럼. 예상컨대 이제는 누구도 그 걸음을 멈추거나 방향을 바꿀 수 없지 않을까. 그리고 그것은 나아가는 길 곳곳에 '경제효과'라는, 또하나의 정체 모를 '무언가'를 팔랑팔랑 흩뿌릴 것이다.

구마몬이 앞으로 '키티'나 '사자에 씨'*처럼 보편적인 인기 캐릭터로 정착할지, 아니면 '인구에 회자'되다가 서서히 진부해질지 일개 소설가인 나로서는 알 수 없다. 그러나 나중에 어찌되든 현재 구마몬은 맹렬하고 힘차게 증식하고 있고, 그럴수록 구마모토 현이라는 본래의 뿌리 내지 토양에서 점점 멀어져갈 것이다. 마치 '미키마우스'가 보편화되면서 본래의 '쥐 성性'을 상실한 것처럼. 그렇다, 우리는 너무도 복잡한 시스템의 세계에 살고 있는 것이다. 그곳에서는 이미지가 아주 큰 의미를 지니며, 실질은 그 뒤를 열심히 좇아간다.

어쨌든 간에 나는 앞으로 이번 구마모토 여행을 회상할 때마다 이런 감개를 품게 되리라. '그 여행에서는 하여튼 비가 줄기차게 내렸고, 가는 곳마다 구마몬이 넘쳐났었지'라고. 한 작가가

* 평범한 주부를 주인공으로 한 일본의 국민 만화.

품는 그런 감개 같은 것도 구마몬의 경제효과에 어떤 식으로든 포함되는 걸까?

〔구마모토에 보내는 메시지〕*

얼마 전 잡지 『크레아』 취재를 위해 구마모토를 여행하며 여러 곳을 찾아가 여러 분을 만났습니다. 무척 즐거운 여행이었습니다. 그때 만났던 분들 모두 이번 대지진으로 어떤 피해를 입으셨을지 몹시 걱정스럽습니다. '도쿄 오징어 클럽'의 멤버인 요시모토 유미 씨도 몇 해 전부터 고양이들과 함께 구마모토에 살고 있습니다. 저 역시 재해를 입은 분들에게 조금이라도 도움이 되고 싶은 마음이 간절합니다. '오징어 기금'이라고 해서 진짜 오징어를 보내는 건 아닙니다. 오징어를 씹듯이 꾸준히 멈추지 않고 지원을 이어가자는 뜻입니다. 괜찮으시다면, 구마모토를 비롯한 규슈 각지에서 피해를 입은 분들을 서포트하는 이 활동에 함께해주시기 바랍니다.

* 「소세키에서 구마몬까지」가 게재된 잡지 『크레아』에서 2016년 4월 구마모토에서 일어난 지진 피해자를 위한 '오징어 기금'을 모집하며 웹사이트에 게시한 글의 전문을 작가의 허락을 얻어 한국어판에 싣습니다.

후기

이것은 여행기라고 할까, 최근 이십여 년간 내가 방문했던 세계 여러 곳에 대해 몇몇 잡지에 실었던 글을 한데 모은 책입니다. 대부분 발표순대로 수록했지만 구성 편의상 조금 바꾸기도 했습니다.

첫번째 글 「찰스 강변의 오솔길」은 잡지 『태양—임시증간호』에, 두번째 「푸른 이끼와 온천이 있는 곳」은 잡지 『타이틀』에, 마지막 「소세키에서 구마몬까지」는 잡지 『크레아』에 실렸습니다. 그밖의 글들은 일본항공이 주로 퍼스트클래스용으로 발간하는 『아고라』라는 기내지에 실렸습니다. 『아고라』는 원래 사진 중심의 잡지라 필자에게 요구하는 원고 매수가 매우 적었는데, '이건 아무래도 너무 짧은걸' 하는 생각에 항상 긴 버전과 짧은 버전

두 종류를 함께 써왔습니다. 그리고 잡지에는 짧은 버전을 싣고, 책으로 만들 때를 대비해 긴 버전을 남겨두었습니다.

나는 1980년대부터 2000년대에 걸쳐 『먼 북소리』 『우천염천』 『변경·근경(국내 제목: 나는 여행기를 이렇게 쓴다)』 『이윽고 슬픈 외국어』 『소용돌이 고양이의 발견법(국내 제목: 이렇게 작지만 확실한 행복)』 『시드니!』 등의 기행문, 혹은 해외 체류기로 분류되는 책을 비교적 꾸준히 내왔기 때문에, '흠, 한동안 여행기는 접어도 되려나' 싶은 마음이 들어서 언젠가부터 여행에 대한 글은 별로 쓰지 않게 되었습니다. '이 여행에 대해 글을 써야 한다'는 의무감으로 여행하는 건 제법 긴장되고 피곤한 일이니까요. 그보다는 '일에서 벗어나 머리를 비우고 편한 마음으로 여행을 즐겨보자' 싶었습니다.

그러나 잊을 만하면 띄엄띄엄 청탁이 들어와 여행기를 쓰는 작업을 하다보니, 차츰 원고가 쌓여서 이번에 한 권의 책으로 묶게 되었습니다. 한데 모은 글을 새삼 다시 읽어보자 '아, 다른 여행에 대한 글도 써둘걸 그랬다' 하고 은근히 후회가 되었습니다. 여기 실린 것들 말고도 재미있는 여행, 인상에 남는 여행이 많았기 때문이죠. 그 여행중에 여러 흥미로운 사람을 만나고, 여러 흥미로운 경험을 했습니다. 그러나 이제 와서 후회해본들 소용

없습니다. 다른 글도 아니고 여행기는, 여행 직후에 마음먹고 쓰지 않으면 좀처럼 그 생생함을 살릴 수 없기 때문입니다.

가을날의 프라하 거리를 정처 없이 걸었던 일, 빈에서 오자와 세이지 씨와 함께했던 오페라 삼매경의 나날, 예루살렘에서의 컬러풀하고 신비로운 경험, 오슬로에서 보낸 여름 한 달, 뉴욕에서 만난 여러 작가와의 대화, 스페인의 산티아고 데 콤포스텔라에서 보낸 심오한 나날, 녹슨 도요타 캠리(주행거리 10만 킬로미터)를 타고 달렸던 뉴질랜드 여행 등등, 그 수많은 기억을 글로 정리해뒀으면 좋았을걸 하고 뒤늦게 생각합니다. 그렇지만 그때는 나 자신이 즐기는 데 집중하느라 정신이 없었죠. 인생이란 참 어려운 것입니다.

이 책의 제목인 '라오스에 대체 뭐가 있는데요?'는 본문에도 썼듯이, 경유지인 하노이에서 만난 한 베트남 사람이 라오스로 향하는 내게 했던 질문입니다. 베트남에는 없고 라오스에 있는 것이 대체 뭐냐고 말이죠.

그 질문에 나도 한순간 말문이 막혔습니다. 그러고 보니 정말로 라오스에 뭐가 있다는 걸까? 그런데 막상 가보니 라오스에는 라오스에만 있는 것이 있었습니다. 당연한 소리죠. 여행이란 그런 겁니다. 그곳에 무엇이 있는지 이미 알고 있다면, 아무도 굳이 시간과 노력을 들여 여행을 가진 않을 겁니다. 몇 번 가본 곳이라도 갈 때마다 '오오, 이런 게 있었다니!' 하는 놀라움을 느끼기 마련입니다. 그것이 바로 여행입니다.

여행은 좋은 것입니다. 때로 지치기도 하고 실망하기도 하지만, 그곳에는 반드시 무언가가 있습니다. 자, 당신도 자리에서 일어나 어디로든 떠나보세요.

『아고라』 취재 때는 항상 사진작가 오카무라 히로쓰구 씨와 편집자 이다 미치 씨와 셋이서 일했습니다. 매번 같은 구성이었죠. 덕분에 몇 년 동안 즐겁게, 마이 페이스로 일할 수 있었습니다. 이 자리를 빌려 두 사람에게 감사를 전하고 싶습니다.

지은이 **무라카미 하루키**
1949년 교토 출생. 1979년 『바람의 노래를 들어라』로 군조신인문학상을 수상하며 데뷔했고, 1982년 『양을 쫓는 모험』으로 노마문예신인상을, 1985년 『세계의 끝과 하드보일드 원더랜드』로 다니자키 준이치로 상을 수상했다. 『노르웨이의 숲』 『1Q84』 『여자 없는 남자들』 『기사단장 죽이기』 『수리부엉이는 황혼에 날아오른다』 외 수많은 소설과 에세이로 전 세계 독자들의 사랑을 받고 있다.

옮긴이 **이영미**
아주대학교 국문과를 졸업하고, 일본 와세다 대학 대학원 문학연구과 석사 과정을 수료했다. 2009년 요시다 슈이치의 『악인』과 『캐러멜팝콘』으로 일본국제교류기금이 주관하는 보라나비 저작 · 번역상의 첫 번역상을 수상했다. 옮긴 책으로 『공중그네』 『약속된 장소에서』 『화차』 『솔로몬의 위증』 『결괴』 등이 있다.

문학동네 세계문학
라오스에 대체 뭐가 있는데요?

1판 1쇄 2016년 6월 1일 | 1판 5쇄 2022년 9월 20일

지은이 무라카미 하루키 | 옮긴이 이영미
책임편집 양수현 | 편집 황문정 박아름 | 독자모니터 박미진
디자인 강혜림 유현아 | 저작권 박지영 형소진 이영은 김하림
마케팅 정민호 이숙재 박치우 한민아 이민경 안남영 김수현 정경주
브랜딩 함유지 함근아 김희숙 안나연 박민재 박진희 정승민
제작 강신은 김동욱 임현식 | 제작처 한영문화사(인쇄) 경일제책(제본)

펴낸곳 (주)문학동네 | 펴낸이 김소영
출판등록 1993년 10월 22일 제2003-000045호
주소 10881 경기도 파주시 회동길 210
전자우편 editor@munhak.com | 대표전화 031) 955-8888 | 팩스 031) 955-8855
문의전화 031) 955-2689(마케팅) 031) 955-2684(편집)
문학동네카페 http://cafe.naver.com/mhdn
인스타그램 @munhakdongne | 트위터 @munhakdongne
북클럽문학동네 http://bookclubmunhak.com

ISBN 978-89-546-4046-6 03830

www.munhak.com